被擦亮的
句子

陶杰诗集

华东师范大学出版社·上海

华东师范大学出版社六点分社 **策划**

第四届北京文艺网国际诗歌奖（北京国际诗歌奖）组织委员会

主席：杨伃旻

秘书长：杨小滨

秘书：陈馨

组织委员会委员（排名不分先后，以中文首字笔画为序）：于坚、王华祥、王炎、方明、巴斯·夸克曼（Bas Kwakman，荷兰）、邓月娘（Yulia Dreyzis，俄罗斯）、艾桑·洛佩兹·瓦莱拉（Asun Lopes Varela，西班牙）、田庄、芒克、西川、吕进、伊夫·加尼厄（Yves Gagneux，法国）、刘伟冬、刘燕、苏费翔（Christian Soffel，德国）、李小山、李继宏、杨小滨、杨文会、杨伃旻、吴思敬、利大英（Gregory B. Lee，法国）、庄司达（日本）、辛牧、张闳、张桃洲、张默、陆敬思（Chris Lupke，加拿大）、阿尔丁夫-翼人、陈黎、邵燕祥、郁葱、欧宁、欧阳江河、罗蕾雅（Marie Laureillard，法国）、周俭、郑愁予、赵振江、胡继华、柯孟德（Comentale Christophe，法国）、俞虹、姜涛、莱耳、贾梦炜、陶东风、商震、敬文东、谢冕、蓝可（Emmanuel Lincot，法国）、蓝野、臧棣、裴尼柯（Nicoletta Pesaro，意大利）、管管、翟永明、魏朴（Paul Manfredi，美国）

第四届北京文艺网国际诗歌奖（北京国际诗歌奖）初评委员会

主席：姜涛

秘书长：郭金牛、戴潍娜

初评委员会委员（排名不分先后，以中文首字笔画为序）：古冈、田庄、朵渔、周瓒、姜涛、郭金牛、戴潍娜

第四届北京文艺网国际诗歌奖（北京国际诗歌奖）终评委员会

荣誉主席：食指

轮值主席：郑愁予

终评委员会委员（排名不分先后，以中文首字笔画为序）：杨小滨、利大英（Gregory B. Lee，法国）、张桃洲、陈黎、郑愁予、敬文东、臧棣

主办单位：北京文艺网（www.artsbj.cn）

被咒语照亮的脸（代序）
陶 杰

有几次有人说我是著名诗人，我说著名个屁，连我们村人都不熟悉我。在我们村，我爸都比我有名。他是个木匠，认识他的人比认识我的人多。有时候人家搞不清我是谁，我还得说我是某某的儿子。对我们村人来说，我写诗不写诗都只是一个小教师。

学校倒是有几个知道我写诗的同事，在他们眼里，我和那些没写诗的同事也没啥区别。

我和我们村人一样，和我的同事们一样，我们都有一张卑微而模糊的面孔，我们都戴着一张和我们的脸合二为一的面具。

我们戴着面具欢呼，戴着面具鼓掌，戴着面具说情话，戴着面具流眼泪，戴着面具犯错误，戴着面具写忏悔录。

偶尔照照镜子，会被吓一跳。那张脸空洞，陌生，死气沉沉。不敢相信那是自己的脸。那是一张人群中的脸，广场上的脸，在千千万万张脸中，它一闪而过，悄无声息，微不足道。那是一张在水面晃来晃去的脸，可以叫他张三，也可以叫他李四。我想看清我的脸，先得让它停止晃动。要让一张在水面晃来晃去的脸清晰起来，先得让它倒映其中的水变得安静、清澈，让水中的泥沙沉下去，泡沫浮起来，让流水变成潭水。

小时候我们相信一种叫定身法的神奇咒语，一念，人就动弹不得。我也希望自己会念这种咒语，念一句"妈咪妈咪哄"，那个老欺负我也欺负其他人的村棍就会变成木偶，我就可以靠近他，看看他嘴巴大张两眼圆睁的蠢样，数一数他脸上深深浅浅的麻子，测一测他眼底虚虚实实的深渊。

也许正是小时候对咒语的这种向往与痴迷激发了我对语言的好奇和敏感。突然有一天，我感觉自己找到了那种咒语，它可以让存在之流暂时静止，让你拥有澄明的瞬间。就在那一瞬间，水面停止晃动,水面的那张脸像雕塑一样清晰可辨。就在那个瞬间,你可以毫不犹豫地指着千千万万个面具中的一个说:我!当你说"我"的时候,我相信你看见的不是一张粗陋或精致的面具,而是一张表情生动的脸。

也许,这种咒语就叫诗。

写诗就是一个为语言着魔的人对着这个世界念咒语。当我轻声念出我的咒语的时候,那个当年欺负过我现在仍在欺负我的人依旧挥舞着他的拳头作威作福,那些戴着面具的人依旧在前赴后继地模仿僵尸,这个凶险混乱的世界依旧在作死。

当我写下一首诗的时候,世界并没有因我而改变,天上没有多下一滴雨,地上没有多开一朵花,人间没有减少一个骗子。

但我继续写诗,继续对着世界念我的咒语。

世界依旧,我发现我的咒语只是改变了我自己。在人群中,我依旧戴着面具。我们村人、我的同事看见的依然是我的面具,但我知道面具后面还有一张真实的脸,在我喃喃低语的时候我见过它,那些咒语就像一道闪电划过,有一瞬间,它照亮了这张脸。

偶尔,我看见这张被咒语照亮过的脸,像种子破土一样从我的面具深处浮现出来。

有一种美丽的可能:有人在纷乱如麻的噪音中听到了我的声音,他朝这些文字俯下身来,仔细聆听;这些句子就像一面被擦亮的镜子,他突然从中看清了他的脸,或者他的面具。

要是你肯长久地凝视这面镜子,说不定你也能看到自己脸上的面具慢慢松动、碎裂,铁锈一样纷纷往下掉;也许你还能看到一张鲜活、真实、散发着体温的脸从你的凝视中分娩出来。

目录

第一辑　片刻的宁静来自对事物的确认

减法 / 3

纵火者 / 4

就过去了 / 5

半人 / 6

淡忘 / 7

失眠疗法 / 8

一支箭的问题 / 9

汪汪叫的人 / 10

失眠的姿势 / 11

隐秘的花香 / 12

天上花海 / 13

片刻的宁静来自对事物的确认 / 14

绽放的方式 / 15

几乎看不见的围困 / 16

在山顶 / 17

来自旷野的音乐 / 18

擦亮句子 / 19

嘎嘎叫的凤凰 / 20

体内的潼关 / 21

第二辑　不对称的人

星期八 / 25

液态人 / 26

虚构的老虎 / 27

直觉主义 / 28

正打着一个长长的哈欠 / 29

会酿蜜的狼 / 30

静电 / 31

就像吃胡萝卜 / 32

黑洞一样的鸟 / 33

不对称的人 / 34

失忆男子 / 35

神经质 / 36

光光的脑袋 / 37

看不见的伤 / 38

夕阳之美 / 39

斜视眼 / 40

沮丧 / 41

等来一片苍茫 / 42

转圈女孩 / 43

鸡尾酒的味道 / 44

一个人的除夕 / 45

二叔救火 / 46

虚构的火灾 / 47

一只朝我挥过的手 / 48

也许有一天 / 49

离开大海之后 / 50

一位牙齿过敏者的告子书 / 51

张二棍醉了 / 52

第三辑　女人的立方根

喻体 / 55

挠胳肢窝 / 56

飞溅的样子 / 57

咿哩哇啦 / 58

挂在梯子上的人 / 59

从镜子里出来 / 60

我摸到一只鸟瘦骨嶙峋的肋骨 / 61

女人的立方根 / 62

考场上的和旋 / 63

怀揣萤火虫的人 / 64

适合用口型表白的女孩 / 65

雪人 / 66

囚徒 / 67

第四辑　头疼也是对头的一种肯定

关于金鱼的猜想 / 71

死鱼眼 / 72

喝水的哲学 / 73

遭遇大山 / 74

垂柳的方向 / 75

铁环的模样 / 76

尖酸的三角形 / 77

头疼也是对头的一种肯定 / 78

胸大肌 / 79

一个人过生日 / 80

第三只苹果 / 81

方向感 / 82

打不出喷嚏 / 83

断裂 / 84

动物眼里没有直线 / 85

模仿猴子 / 86

和门把手告别 / 87

我的洞 / 88

麒麟胃 / 89

为烟花鼓掌 / 90

鼻子过于灵敏 / 91

第五辑　被词语包围的沉默者

深度爆破 / 95

死者的目光雪花一样注视我们 / 97

　　——悼念辛波斯卡

甜蜜而巨大的谜 / 98

　　——纪念特朗斯特罗姆

吞下种子 / 99

论手和笔的关系 / 100

完美的状态 / 101

莫名之痒 / 102

称呼 / 103

和大海亲近的若干种方式 / 104

理智的做法 / 105

裸体男子 / 106

打结的舌头 / 107

对舌头的若干种描述 / 108

为什么写诗 / 109

第六辑　和茅草搏斗

和茅草搏斗 / 113

在竹林里 / 114

空山 / 115

往上走 / 116

砍树的人 / 117

镜子里的雨 / 118

把好玩的事藏在心里 / 119

火红之后 / 120

被天空斟满 / 121

芝麻开门 / 122

躲开卡车 / 123

那么多人 / 124

天上哈下来的气 / 125

孔雀的屁股 / 126

翅膀的意义 / 127

眼泪 / 128

在水边 / 129

摇晃哨子 / 130

我们 / 131

只剩一只眼 / 132

版图不明 / 133

偶然 / 134

敏感的植物 / 135

有如孤舟 / 136

第七辑　慵懒的叙述

看不见的虫子 / 139

戴着面具睡觉的人 / 140

年轻女病人 / 142

发呆的动物 / 143

失衡 / 144

口腔溃疡患者 / 145

绿人 / 147

虫子事件 / 148

别吃柿子 / 150

水银事件 / 151

狗尾草先生 / 152

玩雪花片的孩子 / 153

绕口令 / 154

一个家族的味觉史(长诗)/ 158

第一辑　片刻的宁静来自对事物的确认

减法

出去一个人，这间屋子
还很吵。再出去几个，依旧乱糟糟。
声音太响，人如孤岛。

人声渐渐停息，我们仿佛从六月
进入腊月。寂静中
我是一个半圆，你是另一个。

我们闪电般的对视照亮过一个词：残缺。
它在我们体内埋得那么深，
它和那些漏风的窗子互为表里。

最后只剩下两个：我和你。让我们说
爱，圆满。不要提及残缺，不要理会这道减法
还会一减到底。

纵火者

就像在一块受潮的擦皮上划火柴,他狠狠地
握紧自己,就像抓住一只温暖的门把手。

风不停地吹,一支队伍从他体内迅速撤退。
渐渐累了,老了。动作像抽风。

一道闪电埋在他的血液里,没有升空,没有惊动过
任何一个女人的梦。

他给自己写下墓志铭:这里埋着一个
一生中多次在自己体内纵火的人。

就过去了

已经阴下来的天空
突然放出闪电
一秒钟
就像一条红舌头
在窗上飞快地一舔
一声欢呼卡在喉咙里
一个光明的词来不及睁眼
横梗在心的硬块来不及现形
来不及啊
这道一闪而逝的亮光
只是薄薄地
掠过落满尘埃的表面
还不曾深入一个蛛网的中心
照亮一只苍蝇的腹部
就过去了

半人

你说要,我给你半个
你说抱,我伸出左手

一条腿走向你
另一条后退

倒在我怀里的
是你的影子

只有一只眼
流泪

淡忘

渐渐地
一个人渐渐地
忘了叫"芝麻"
忘了那些通往天堂
有时也通往地狱的门
一人独坐
坐到日薄西山
夕阳刚刚漆过的院门
只用一分钟
就进入了暮年
一回头
原野空阔

失眠疗法

他们睡着了。你醒着
犹如一堆煤上
蹲着一只猫。

一把汤匙。一只空杯子。
没有咖啡,它把它
搅得叮当作响。

用一只犁铧
来消除噪音。它藏在你的胃部
喊你,要你消化它。

为了入睡,从"我"
回到"我们",从立方体
回到平面图,从雕塑回到泥。

五官变软,不再是
张三或李四。就像一滴墨
掉入墨水瓶,不分红黑。

一支箭的问题

一支箭最锋利的时候,是它
提出问题的时候:我最好处于什么状态?

A　躺在箭袋里,但箭袋
挂在飞奔的猎人身上;

B　搭在拉成三十度角的弦上,或者
带着呼呼的风声飞向目标;

C　穿过一片鸟鸣,继而
箭头朝下飘飘悠悠落下去。

D　偶然射中一头视野之外的动物,在它
的血液中继续飞,不知飞往哪里。

它不停地摇摆。为了避免碎裂,
它变软,扭曲,形如麻花。

箭头藏在皮肉中,它坚持
把自己称作"箭"。

鸟飞了,兽跑了。当然,你可以说
这个看不见鸟兽的世界叫做宇宙。

汪汪叫的人

他希望从他的嘴里跳出一只狗来
以此证明
汪汪叫的不是他本人
人多的地方,他不好意思
莫名其妙地大张着嘴巴
他就假装唱歌
汪汪,汪汪汪
他听到自己的喉咙里又发出了狗叫声
他赶紧闭上嘴巴,来到体育场
跟着大家一起欢呼
汪汪,汪汪汪
有几个人惊异地打量他
他偷偷溜进卫生间,伏在便池上
将手指深深探进喉咙里
但是他什么都没吐出来
一阵疼痛,他看见
第一节中指上有几个齿印,并微微渗血
他来到医院门诊室,医生说
被狗咬成这样,得打狂犬疫苗

失眠的姿势

女儿在他身边睡着了,她的小手
搭在他的胳膊上
他不敢动,仿佛
那个部位在发芽
他睡不着,他先后翻阅了
一部诗集,一部小说,一部文学评论
还逛了微信朋友圈
看了一段方清平的单口相声
还是睡不着,有一会
他以为怪自己姿势太僵直
于是就模仿女儿
蜷起身子,侧向一边
他也把左手伸出去
但它什么也没抓着
他只能让它搭在床沿上,悬在空中
荡来荡去,就像一只够不着海底的锚。

隐秘的花香

一个古色古香的铁制花盆架
被闲置在办公室外的过道里。
单调冰冷的地板砖上,倒映着两边
一模一样的墙砖苍白的影子。
在一条空荡荡的走廊上,这个花盆架
显得陌生,突兀,不合时宜。
它圆形的托盘静静地
敞开,仿佛一个
等着被填满的怀抱,一张
朝着天空无声呼唤的嘴巴。
每次我经过它,都要朝那个
空无一物的托盘凝望,有时
我还会悄悄嗅嗅,寻找
可能会从那儿散发出来的隐秘的花香。

天上花海

"天上花海"指的是
开在韭菜坪之巅的韭菜花。
韭菜坪其实是一座山，
贵州最高的山。
我感觉韭菜开花就是满天繁星
改头换面在人间聚会。
我不知道韭菜花
为什么要开在那么高的地方。
山顶贫瘠，寒冷，不长树木
看不见鸟影，听不到虫鸣。
冬天，那里大雪纷飞。
一种镜子被打碎之后
镜框再也找不到脸的寂静。
一只空空的蛋壳
注视着这个白茫茫的世界。
别叹气，这场大雪本来
就不是下给谁看的，就像来年花开时
沉默的山巅升起亿万个音符
也不是为了安慰谁。有人没人
这架钢琴都会朝着天空，独自弹奏。

片刻的宁静来自对事物的确认

继续沿河岸游荡，
一切都没变。
水还是原来的样子。我不想用
眼前的水不同于过去的水
这样的问题增加我的眩晕感。
我也乐于将河边的柳树
柳树上的麻雀，以及麻雀
在不同天气的鸣叫，看成是不变的。
一只白色的大鸟
贴着河面飞翔，停在
黑不溜秋的淤泥上。
心念一动，但马上打住，今天
我只想将白鸟当成一只鸟，将白
当成一种颜色。
我在河堤上坐下，阳光
对肌肤的确认让我相信自己
占据了一座雕像的空间。
我闭上眼睛，避免看见
歧义丛生的水中晃来晃去的脸。

绽放的方式

有一天,一个男子在河边
模仿一只白色的大鸟飞翔,跌到河里
摔伤了。他在昏迷中
被送进了医院。
他遍体鳞伤,探病的人
直接把花插在他的身上。那些花有
康乃馨,满天星,马蹄莲,香槟玫瑰。
太奇怪了,大家都说。他们看见
他伤口里的花突然变得鲜艳欲滴,仿佛
重新回到了枝头上。
一会他醒了,惊喜地大叫
难怪我梦见自己是一座花园。
你不是花园,医生一边说
一边取下花,给他上药。
不要折我的花,他请医生
再次将花插入他的伤口。他说
那是他的伤口绽放的
唯一方式。这是臆想症,医生说
恰恰是对花的幻想让许多人的伤口
久久不能愈合,对不起,
我得给你加大麻醉剂的用量。

几乎看不见的围困

在一条狭窄的河坎上，
一个悠闲自在的男子，突然
撒腿飞奔。
他一边奔跑，一边挥舞右手
和头顶的空气搏斗。
多年前我在另一首诗中
描述过同样的场景。
两次举止失常的
是同一个人。
他没有疯，不过是
走着走着，脑袋周围
突然冒出一群细小的飞虫。
它们缠住他，用一种
听不见，并且几乎感觉不到的围困
折磨他。这么多年，那种东西
一直追逐着他，让他
不堪其烦。在默默行走的人群中
只有他会没头没脑地对着天空挥拳头，
仿佛有一种我们叫不出名字的猛兽
突然在他的身上醒来了。

在山顶

从人群里抽身而退，
爬上一座山。
你的寂寞，就像一根
从炉膛里撤退的柴
独自冒烟。你用一只空杯子
畅饮天空的蓝，畅饮
地平线之外的纯净水。
你不想将自己重新点燃，
但你需要一杯真正的酒
唤醒舌头的记忆。
在山顶，你还会嗅到
人群的焦糊味，不同之处在于
这次是用废墟之上
一朵菊花的鼻子嗅到的。

来自旷野的音乐

有没有人相信,有一种投降
是为了让沙子看起来像雪一样白。
毕竟,雪比沙更容易
进入我们的梦境。
但身外之物丢得太多
又会被月光冻着,反过来
穿得暖和的人可以把一地白霜
当月光来欣赏。
说实话,我不喜欢这种
菜场小贩手中掂斤播两的美学。
我知道有一种音乐,让我们
不再计较雪与沙的区别,连自己
写错字都不计较,但坐在家中
你会突然变得像异乡人那样归心似箭。

擦亮句子

点亮一根蜡烛,摇曳的烛光
吓退了从窗子照进来的月光。
墙上的画框里只剩下
一张苍白空洞的画布。
打开电灯,只见那里出现一个洞,
仿佛来自一只眼眶的问候。
你吹灭蜡烛,来到户外
当你走在安静的乡间马路上,你看见
萤火虫在飞,你内心一动
就像另一只萤火虫的回应,微弱得
仿佛来自水底的星星的微笑。
你站住,让体内的水
停止晃动。你等待着一幅图画
出现在你正在擦拭的镜子里。

嘎嘎叫的凤凰

如果你非要把自己比作什么鸟，
也不应该比作凤凰。
谁见过这种鸟，谁知道
它吃什么？自比凤凰的人
肯定容易饿肚子，容易孤独，
动不动就对着天上的白云叹气。
乌鸦就不一样，大家都
一样黑，没有谁嫌弃谁，它一开口
人家就知道乌鸦先生来了。
乌鸦那么黑，不担心
吃坏了胃口，也不担心
另一只乌鸦抢了自己的风头。
天下有一群乌鸦，却只有
一只凤凰：每只凤凰
都只承认自己是凤凰。
如果它夜里要到桥的另一头去，没准
它会对一个黑黢黢的家伙说
请让道，我是乌鸦，同时发出嘎嘎叫。

体内的潼关

我体内也有一座潼关,老是
彤云密布,连我自己
都只能像小偷一样朝里窥探。
我听见嘚嘚的马蹄声,呼呼的
风声。最后,马蹄声
被秋风吹散了,我失去了
关于马的唯一佐证。当然,风声
有利于制造一片旷野,而旷野
有利于制造一条汹涌的大河。
要是没有激越的水声,我担心
自己过早患上老年痴呆症。
我还需要一些险峰,峭壁,需要
内心的险峻创造直立的水。这些字
不过是那条瀑布溅出来的几个小水滴而已。

第二辑 不对称的人

星期八

吃早餐时,我冲她嚷嚷:
"把豆浆换成迷药!"
她不理解我对混乱的需要
每个星期八,我不剃胡子,用冷水洗脸
倒着过斑马线,
走进银行,冲着人民币似的脸问:
"你们何时倒闭?"
遇到县医院的护士长,建议她
养一只哈巴狗调整表情
我喜欢学狗一样汪汪叫,不担心它是
高声部还是低声部
二二拍还是四四拍
合唱改为跳房子,自来水
被缺乏逻辑的露珠代替
说话不用关联词,大珠小珠落玉盘
继续说胡话,让它们
不停地跳跃、滚动。如果
再喝一杯,再糊涂一点
你就能摸到头顶长出一片灌木丛,而不用想
明天是星期一这样的鸟问题。

液态人

喝了酒,灌木迷眼就说自己是绿色的
爬在地上便狗一样晃动屁股。
捧着文件学狼嗥,坐在黑板下
模仿猴子掰包谷。
去商店买酒:喂,穿裙子的
小白兔,来一瓶电流。
你够不着? 嗯,叫你爹,
那头长颈鹿准够得着。
我累了,再给我来一瓶。
这么多年,我在秋千上荡来荡去,
一会叫张三,一会叫李四。
我始终没有长成固定的形体
你们都不知道怎样称呼我:山羊叔叔,还是
大象伯伯? 我在一首诗里写道:
我既不是方的,也不是
圆的,简单地称为椭圆真他妈叫人沮丧。

虚构的老虎

从酒馆出来,一只老虎
丝毫不顾动物的颜面,跟着我
走人行道,说普通话,用毛茸茸的爪子
数人民币。
我们从城东走到城西
又从城西走到城东。
后来它在前面跑,我在后头追
一头动物领着一个人
没头没脑地跑:
践踏草坪,惊扰玫瑰,颠倒晨昏。
在十字路口,你问执勤的警察:
"广寒宫怎么走?"
他瞪你一眼:
喝多了吧?
扑通一声,你听见
你的老虎掉进黑压压的人海里淹死了。

直觉主义

服了感冒药,迷迷糊糊。
漂浮在阳光里的那些脸
拥挤,扁平,没有侧面。
朝着这些脸笑,我像不像
一只朝着袋鼠使劲咧嘴的刺猬?
我想刺猬不会咧嘴,
除非它疼。
刺猬身子浑圆,从来不考虑
正面和反面。不耐烦的时候
失去平衡的时候,它干脆
骨碌碌滚下山坡去。
在 QQ 上我告诉一个女人我希望像刺猬那样
依赖直觉生活。
她说她不懂。
我"啪啪啪啪"地敲打键盘,
这不算,我说,如果够得着你
这声音应该由拍打你屁股的
热乎乎的声音,来代替。

正打着一个长长的哈欠

你曾向一个姑娘承诺过
要为她写一首诗。
那时,你还年轻。世界就是
你从她的领口看见的样子。
一次又一次,想起她
你的胯下就会突然亮起一盏灯。
你幻想的永恒就是
深深陷入她的泥淖无力自拔。
但轻飘飘的,一下就
过去了,仿佛蝴蝶做了一个梦。
现在,你想起她
就像想起一件放旧了的衣服。
那么远,可以肯定的是
她的脸上已经有了皱纹
她的乳房已经下垂。
她对你的印象早已模糊,
也许,在她的记忆中,你已经死去。
这样多好,你想,互相
忘记,就像晚上的雪
覆盖了早上的。但真正的雪
还未落下来,你正打着一个长长的哈欠。

会酿蜜的狼

而立之年，他突然变得内向，孤僻，
不近人情，冷若冰霜。
他老是用一种瞧后脑勺的眼神
瞧人家的脸，神情恍惚，仿佛
他正身陷一个大雪纷飞的世界。
你满意了吧，妻子说，
我们终于变成了陌生人。
他没有反驳，因为
她是对的，他把所有亲近的
熟悉的人都变成了陌生人。
你是一匹可怜的狼，她说
你必须用孤独证明自己。
他觉得她真聪明，但是她说得
不够全面。也许他
还像一只有毒的动物。
不是眼镜蛇毒蝎子那种类型的，
应该类似蜜蜂，他固执地认为
蜜蜂酿蜜和它们身怀毒素有关，
没有人知道它们嘴里的甜是什么味道。
也没有人知道我的，他想，其实我
既不是狼也不是蜜蜂，估计我
喜欢的味道和一种会酿蜜的狼有关。

静电

哧,他又被电了一下,
烤火器的罩子绵里藏针。
开关是塑料的,但他右手的食指
仿佛被一张隐形的嘴咬了一口。
要洗脸,可他不敢
拧水龙头,不敢碰脸盆。
要开门,他小心翼翼地
用手臂压下亮光闪闪的门把手。
有人送他一块电子表
他一接到手上就烧坏了。
他用严肃的表情迎接姑娘们的
秋波,就像用秋天迎接蝴蝶。
她们哗哗地流走了,
春天也哗哗地流走了。
他把自己关在房子里,
天黑了,他没有开灯。
你在吗? 有人在外面喊他,
你至少可以打开灯让我看看。
他慢条斯理地将左手和右手
握在一起。瞧吧,他嘟哝道,
亮了,你看不见可怪不着我。

就像吃胡萝卜

就在刚才,我吃下了
半截胡萝卜。
它和别的胡萝卜最大的区别是
它是残缺的,只有半截。
也许另外一半还埋在地里
或者被别人吃掉了。我看到
它被搁在空荡荡的灶台上,
莫名其妙,没头没脑,
就像疯子口中突然冒出的问题。
我将它拿在手中,并吃掉,
算是勉强回答了这个问题。
它的味道没什么特别之处,
它将一种冷冰冰的怪异的感觉
传到我的手中,然后是
口中,咽喉,腹部。
巨大的寂静中,我听到自己
时断时续地嚼动的声音:
咔嚓,咔嚓,咔嚓,咔嚓。
这种声音充满整个房间,
笼罩着书架上的每一本书,和书上
每一粒细微的灰尘。你一
停止嚼动,这里的一切都会被寂静包围。

黑洞一样的鸟

我的邻居都是些爱玩鸟的人。
张先生养画眉
徐先生养鸽子
王先生养鹦鹉。
他们常在一起交换玩鸟的心得。
张先生学画眉叫，徐先生学鸽子叫
王先生模仿自己的声音。
他们让我当评委。好吧，我说，
鸽子将屎拉在我的床单上
鹦鹉一见我就骂我孬种
画眉用它的歌声为我的日子
涂脂抹粉，你们觉得哪只好？
他们让我说一种我喜欢的鸟。
我说没有，以前倒是
设想过一种：飞得很高，从来不叫
一开始是白色的，后来变成黑色的。
儿子问，为什么变了？我说
白色的我怕它活不长。
儿子说黑色活得最长，就像黑洞，
以后我就可以告诉人家
我们家养了一只黑洞一样的鸟。

不对称的人

我一直不明白为什么我的身体
左右不对称:脸和胸都是
右边比左边饱满,右边的睾丸也要大一点。
天意总是高难问,但我渐渐看出
这不过是预示着我是一个废人。
一只手拥抱。一条腿奔跑。
说了因为,忘记所以。
我笑,一边嘴角上扬。
我哭,一只眼睛流泪。
把向日葵画成半圆,椅子画成
两条腿。老是感觉自己被一条
不通向任何地方的铁轨牵着鼻子走。
最浪漫的想法是铁轨最后
终止在一片平静的湖上你可以
做一次美丽的自由落体,"扑通"一声
在一片透明的湛蓝里溅起扇形的水花。

失忆男子

深圳一名男子失忆后住进了
救助站。工作员让他照镜子,他表示
认不出自己了。
但他精通电脑,会使用
3Dmax 设计空间三维软件
Photoshop 图形处理软件,会打五笔
还能破解派出所的电脑密码。
但他一点也想不起自己
姓甚名谁家住何处父母安在。
没有一张熟悉的面孔,只有显示屏
似曾相识。所有名称中
叫得最利索的是专业术语。
此人神情恍惚,行动犹疑
仿佛一个用后脑勺注视前方的人。
记得一条街,但街上
没有一棵树;记得一座岛,但没有
潮水声。一串数字代替鸟儿
在他的梦中飞翔。据说他的脚上
有一块黄豆大小的胎记,在那个
破译密码的人到来之前,他死机。

神经质

昨天下午，我在小区平台上
和一个四五岁的小姑娘说胡话。
她问我怕不怕虫子，我说不怕。
老虎呢狮子呢鳄鱼呢你怕不怕？
我说不怕，但我不喜欢呆在
鳄鱼的嘴巴里。她问为什么。
我说鳄鱼不刷牙口臭。
她说如果你被鳄鱼逮住了怎么办？
我说我就伸手挠它的鼻子，挠着挠着
它就会啊嚏一声打出一个喷嚏我就出来了。
小姑娘咯咯的笑声被闷热的空气蒸发后
那种呆在一只鳄鱼臭烘烘的嘴巴里的感觉
又回来了。我喜欢幻想，两手容易
脱离身体，我东摸摸西摸摸，直到现在
我都找不准鳄鱼的鼻子在哪里。
也许它不够敏感摸到了也打不出喷嚏
将自己想象为鳄鱼身上最敏感的部位
并用鸡毛或狗尾巴草刺激自己的鼻子
以便打出响亮的喷嚏，这样的做法
过于神经质，远不如对着太阳打喷嚏来得爽。

光光的脑袋

劈里啪啦,鞭炮声
形如荆棘。一到过节
你就感觉自己像一只猴子闯进了礼堂。
别板着脸,高兴点!
故意咧着嘴笑会让人联想到
给一个老是被叫错名字的人
戴一顶鲜红的帽子,以加深
别人对他的印象。
如果他们都在笑,只有
你不笑,就像聚光灯
突然打在你的身上
人们疯狂地舞动四肢
来淡忘身上黏糊糊的味道。
一边游动一边想象自己
动作好不好看的鱼,仿佛
尾巴上拴着一根绳子。
最刺激的,不是一千个人
戴着一样的帽子玩躲猫猫的游戏,而是
幽暗的夜空下,扑通一声
突然从草堆里冒出一个光光的脑袋。

看不见的伤

作为一次伤人事件的见证者，
我一次又一次地被问及当时的情形。
比如，杀人的和被杀的
是什么关系？她为何杀人？
其实我对这一切一无所知，不过是
碰巧经过那里凑凑热闹而已。
在微信朋友圈流传的视频里，我的脸
一闪而过，另外几张图片里
大家茫然的面孔仿佛笼罩在雾里。
那个倒在地上的女人被她的血
染成了一个鲜艳夺目的人。
我像寻找源头一样在她的身上
寻找伤口。她的右臂上
有一道伤口，但显然
致她于昏迷的还有别的伤。
在她的衣服覆盖的地方，或者
她的体内，还有一处致命伤，
秘而不宣，却无坚不摧。
它正从一个我们看不见的地方
上帝一样注视着我们这些蒙在鼓里的人。

夕阳之美

昨天,我在朋友圈和 QQ 空间
发了一组图片:
暮光笼罩下的翠树绿水。
"这地方真漂亮!"有人说。
"简直就是人间仙境嘛!"
我不想扫他们的兴,回复说:
身临其境更美。
眼尖心细的人会发现
每张图片上都有一些小黑点:
一种蚊虫(我不知道
确切的名字),不咬人
但密密麻麻漫天飞舞。
它们细微得只有雷达一样的面部
可以感觉到。它们
撞在我的脸上,随着
我的呼吸钻进我的喉咙,也许
还会深入肺部或更深处。
有一只,骨头一样
卡在我的眼皮和眼球之间。
一只眼流泪并不影响
山水的甜蜜。并且,我看见
一天的太阳都具备夕阳之美。

斜视眼

这么多年，我一直不知道
自己是斜视眼，两只眼睛
各行其是。一只
视线较远。看得见的地方
不叫远方。我想去西藏，去不了我可以
用一个比西藏远的地方安慰自己。
它的虚幻性，适合我这种
喜欢用手试体温的糊涂虫。
粉红的花是甜蜜的。
雪白的花是甜蜜的。
盲人眼中的花，最甜蜜。
另一只小心翼翼地照看着
三尺以内的钉子和口角。一个水洼
跳过去还是绕过去？一个表决
点头还是摇头？小数点后
保留几位数？咬破嘴唇
我都不敢骂一句"去你妈的"。
睁一只眼闭一只眼看上去
有些怪异，我便围着足球场用单脚跳，
直到发出一个肌肉男"嗨嗨"的喊叫声。

沮丧

网上报道，一个基层公务员
为了寻找活着的感觉，每天
一遍又一遍地擦拭办公桌。
如果他不小心打翻一杯水，
如果那只杯子最后掉到地上，
我想效果会更好。热水
胜过冷水。瓷杯和玻璃杯
胜过轻飘飘的塑料杯。
一只杯子从甲的手上传到乙的手上，而我
渴望和它建立更深的联系。
我不想在喝水的时候老是幻想自己
吞下了那只杯子。如果它
从我的手上摔下去，"啪"的一声
摔碎了，那只涟漪荡漾的手
仿佛刚刚往湖中扔了一颗石子。
摔杯子是坏孩子的想法，我通常是
吹胀两个气球，然后
找一种新鲜的方法弄破它们。
其实我不是一个喜欢搞破坏的人，我想
将耷拉在下巴上的气球，吹成各种雄性动物
生殖器的样子。我吹出一个葫芦，继续
吹出一个更大的葫芦以摆脱第一个带来的沮丧。

等来一片苍茫

网上报道,台湾一男子
在火车站等恋人,一等二十年。
一开始,他相信她叫小玉。
后来,她一会是桐儿
一会是迪儿。现在根本想不起
她叫什么,二十年,人
只剩影子,一个
变为一群,打针一样明确的
一方,变成四面八方。
东瞧瞧,西看看。
人潮汹涌,他已经
不会被打湿,他是塑料的。
有时,人群里朝他投来
匆匆的一瞥,就像一枚
飘不到他身上的枯叶。
他喜欢随便一只狗朝他奔过来
用湿漉漉的舌头舔他,它的舌头
就像记忆中渺茫的乡音。

转圈女孩

春晚转圈女孩,一转就是
四小时。我一直担心
转着转着,她的脑袋里
突然冒出一根木棒将她绊倒在地。
事实证明,她是一个
凭靠惯性舞动四肢的人。人家让她转圈
她就乖乖地转圈。人家说
这是上春晚唉,她就吐出一个
气球一样的感叹号,没有问
也没有想,为什么要转圈。
其实很多人和我,都没弄明白
为什么要让一个人在那儿
莫名其妙地转圈。
作为一名舞蹈演员,没有人
看清她的长相,更没有人
将她转圈圈的模样记在心上。
在网上,我看到一幅
她的生活照:清纯,阳光,小虎牙
闪闪发光。她的剧照却
臃肿,变形,轮廓模糊,有一股
烧焦的味道。仿佛
露水掺入肥皂吹成了大泡泡。

鸡尾酒的味道

大象被我们眼中锋利的尺子切割成
鼻子,身子,耳朵,腿,和
可以从嘴上剥离出去的象牙。
抬头看星星,低头
听鸟鸣:麻雀喳喳,乌鸦嘎嘎。
布谷鸟,咕咕叫。
如果我继续列举下去,你可能会
把我当成一个研究鸟类的专家。
其实我是一个只分得清几种鸟鸣的
糊涂虫。百鸟齐鸣,我估计
这就是鸡尾酒的味道。我并不想知道
最动听的那种是什么鸟发出的。
就像被一群少女蒙住眼,你懒得想
是谁用哪根手指挠了你的胳肢窝。

一个人的除夕

除夕之夜,烟花璀璨。此刻
这个华丽的人间让人有些不习惯,
就像太监脸上突然绽放的
纯洁的笑容。
走,放烟花去。今夜
应该响亮地说话,做一回
乐于被烟花照亮的父亲。
大步流星,掀起风
鼓动白发苍苍的父亲。今夜
我们这些喜欢打破砂锅问到底的人
应该闭嘴,把谜面像奶奶未做完的针线活那样
收起来。烟花逝去,闭上眼睛
听孩子们欢呼,用一个器官
安慰另一个器官。喜欢喝
就来一杯,要是没醉
不要假装说酒话。想哭
就悄悄跑到河边去哭一回。
一个人,烟花远在云端,它美它的,它
灭它的。一个人,流水太响。伸手
到水里去做个打捞的动作,让它安静点。

45

二叔救火

我二叔,一个六十多岁的
老石匠。瘦得像一把筛子。
他一张嘴,就露出一排
弹孔,两颗挂在嘴唇外的牙齿
就像两个正在越狱的逃犯。
清明节前一天,我们一起去挂纸。
在每座坟前,他都要
烧纸,烧香,奠酒,磕头。
在一片树林里,这个
走路都怕踩死蚂蚁的老石匠
点着了一场大火。
我看见他手拿松枝,跳过来
跳过去地扑火,仿佛
一场大火让他跳起了迪斯科。
那天,我二叔一会变得
像一匹狼,一会又吓得
只剩下外套。两个小时后
大火终于扑灭了。我们
找不到他的影子。他站在
一片灰烬上,就像一截烧焦的树桩。

虚构的火灾

清明节那场大火最后扑灭了。
人们走了，我留下来。
一片鸟鸣都被烧焦了的林子里
只剩一个人，和一双眼。
灰烬空旷，眼睛
仿佛长在树梢上。
先前，我只能呆在这场大火的
边缘。现在我可以
自由地穿过这片废墟。
这里站站，那里停停，
仿佛地主来到自己的土地上。
但我得小心，要提防
死灰复燃。看到冒烟
踩几脚，看到未燃尽的枯叶层
还要将手深深地插进去试探。
在一片灰烬上，我不停地
奔过来跑过去。也许
我只是在和一场虚构的火搏斗。
一停下来我就感到自己
需要一桶词语去浇灭舌头上熊熊的大火。

一只朝我挥过的手

要是我说我怀念去年冬天的一场
诗歌朗诵会,你会问
这跟怀念一场大雾有什么区别?
得具体点。比如,一群人。
一群人也是个空洞的概念,不如
一个人。接下来是
一个女人。叙述到这里
麻烦出来了:我说不清
她是一个什么样的女人。
笼统地概括为漂亮甚至不能
把人和照片区分开来。
她长得瘦,我的记忆
仿佛在冰上打滑。
我忘记了她的声音,就像时间
吹散了某个黄昏淡薄而甜蜜的炊烟。
比一个女人清晰的,是一只
朝你挥动的手。
午夜,陌生的街口,有人往东
有人往西,我有四面八方。她突然
从车窗伸出手来,像旗帜一样
朝我和我身后空荡荡的大街挥舞。

也许有一天

流水有多虚幻,两岸的樱桃
就有多灿烂。在河边
我拥有液态的幸福感:
一会叫垂柳,一会叫杨柳。
但在水中,它们是同一种东西。
流水太响,在空地上
种一片樱桃树,就像
在药房里搁一个孩子。
水声听多了,看什么
都像隔着一条河。
樱桃树的一生,在我眼里
要绽放多次:发芽。开花。
到现在,樱桃红得像感叹词。
甚至,树下饥饿的篮子
也是它们绽放的一种姿势。
不久之后,人离去,鸟飞走,
叶子掉光光。但会有一种寂静
稠密地挂满枝头。也许有一天
仰起脸来我也能感觉到
从这棵光秃秃的树上洒下来的浓荫。

离开大海之后

是的,他确实看到了
大海,但他一直
滞留在浅水区,仅仅是
被大海的唾沫打湿。
他独自在一块礁石上
呆坐了半天,他感到
身子倾斜得厉害,直到影子
跌入水中。他目送它
潜水者一样消失在幽暗的海底。
天黑了,他蹒跚地离开。
从此,他时常听到
潮涨潮落鲸鱼喷水的声音。
他喜欢用蔚蓝来形容
那个比大海辽阔的世界:
蔚蓝的风蔚蓝的沙蔚蓝的寂寞
蔚蓝的独裁者蔚蓝的刽子手
蔚蓝的器官蔚蓝的欲望蔚蓝的喘息。
一天他手淫后没有躲开镜子
他勇敢地注视自己的脸和眼睛里
火焰般喧哗的蓝色的灰烬。

一位牙齿过敏者的告子书

我儿,切记:
不要与水和空气为敌,不要龇着牙说:
我看见你们软中带刺。要学会
在脾胃里叫她们温柔的名字
不要仇视甜食,要相信别人嘴里的好滋味
我照样买冰棍,握在手中,一直握着
直到升起一个凉爽的早晨
瞧,多了不起
你爹不仅能望梅止渴
还会用手解馋。用脚趾。用耳朵。
用不通气的鼻孔……
这种本事,我不敢肯定
一个牙齿好的人需不需要。最好还是
头疼治头,脚痛医脚
不要说"我",说"我的牙齿"
如果不是满口牙疼,不要称"它们",称"它"
门牙?还是板牙?
左边,第三颗,或者
第四颗。如果需要拔除,要让钳子
一下就能找到具体的位置。

张二棍醉了

张二棍是最后一个
到达的,长着一张
中药似的脸。
外衣太小,他说是以前
穿过的校服,绷得像一道
紧箍咒。敬酒,赔笑,
乖乖地坐在台下听报告。
我们聊到某个女诗人,
说她活得太压抑。
他说,我们都在装逼,
我们比她更压抑。
晚上,一只高脚酒杯
在他拿捏不当的手上折断了腿。
后来我们换一个地方
继续喝酒,他喝醉了,
胡乱骂人,在电梯里
赖着不走,他多次
伸出双手想要拉上电梯门。
我们不知道这个无赖
要干什么,他一挣扎
就会多出一些手和脚。
我们慌忙抓紧他,一起用力
仿佛要把一头豪猪塞进袋子里。

第三辑　女人的立方根

喻体

"明月朦胧"。十五六岁,她的身体
刚好呈现出此病句之美。
她把水弹到我的脸上,命令我
不许说话不许动,然后
飞快地跑开。她还没长到
嘴巴让我做个木头人心里却
盼着我去追的年龄。
嗯,我不动,我静下来
听着泉水"叮叮咚咚"地从身上流过
幻想自己被某种飞行物镇住了。
如果她大一点,芒果晃动,我就会
像狗一样乱在墙上蹭痒痒。
芒果渺茫,风吹不动它,手够不着它
我的舌头上有一片海洋。
上午我把它画成圆的,下午
改为椭圆。一会叫它"芒果"
一会叫它"梨"。直到今天
我还不能确定自己喜欢酸味还是甜味。
算了吧,请来一杯
白开水。要不就练习
望梅止渴。她还小,尚方便
转化为喻体,比作陷阱也正适合跳出跳进。

挠胳肢窝

她还小,不够丰满,只适合
挠胳肢窝。她笑的时候,一个人
颤动成几个。这年头,
谁都可以用自己的方式满足自己。
有人从20层楼往下跳,有人躺在一缸水里
将脚伸到龙头下淋浴。我的做法
比较简单:伸出食指
向少女的腋下挺进。
别担心,就像纸飞机
不管怎么飞都能安全着陆。
她笑糊涂了,要我叫她老师
叫她姑姑,叫她企鹅,叫她枫叶。
她语速过快,一天换一身衣服
我抓不住她,跟在她后面,一脸
小毛孩追蝴蝶的呆相。
回到家,我继续说胡话。
妻子让我照镜子,朝我泼冷水
最后她不得不露出白花花的肉,口袋一样
摊开在床上。她一点也不理解
我要在她身上涂一层水彩才能脱光衣服的感受。

飞溅的样子

最近出现幻听,耳朵里
老是有"哗哗"的流水声,仿佛
我的身体是一截塑料管。
有人劝我用数数来消除幻听。
我从 1 数到 100,又从 100
数到 1,更像在一根管子里
滑过来滑过去。
我试着和校长聊聊我的性压抑
他既不点头,也不摇头
我不明白他用一阵咳嗽作答是什么意思。
小姑娘玩跳房子,从 1 跃到 3
不理 2,管它什么意思!
她让我蒙上眼睛去捉她
我东摸摸,西摸摸,摸不着我就
像狗一样嗅。我听到
"叮叮咚咚"的滴水声。
水滴糊涂,它会
莫名其妙地落到谁的头上。飞溅的样子
就像鸟儿朝着蓝天跃出闷罐车。

咿哩哇啦

我是个糊涂的人
只相信流水，不相信冰块。
一边吃糖一边把一朵蒲公英
高高举过头顶。
说到少女，我闪烁其词，甚至
不敢把她们比作一种固定的水果。
不叫名字，让它比梨、比芒果
更辽阔。我一天比一天衰老，她们
"哗啦哗啦"地流走了……
为了缓解孤独，我将"她们"
称作"她"。为了
控制她的长速，让她唱童谣
用手背轻触她而不用手掌
抚摸她。呆头呆脑地
追着她跑。她说"哇"，我也赶紧
跟着说。也许她说的是"呜"，或者"哈"。
"呜"代表什么？
"哈"又代表什么？
扭头看看窗外的大雪，我像哑巴一样吐出一句
"咿哩哇啦"。

挂在梯子上的人

她早晚会长大,胸脯
像心事一样明显。
我不停地催促她跑,让她晃动出
果汁溢满玻璃杯的样子。
为了保持新鲜感,我屡次
故意失手,一天换一种发型。
夜里睡不着,挖空心思
找一个新奇的比喻安慰自己。
第二天我忘了她的名字
正好叫她"安娜",或"玛丽"。
随你怎么想,这也许是所谓
形而上的需要;也可能
仅仅是因为我喜欢白种女人的浪叫。
我不是那种念一句"芝麻开门"
就能找到好感觉的人。
向她求救:一边舔她,一边叫她
魔术师。怀揣不同的需要
就像挂在一架不知道爬上还是爬下的梯子上。

从镜子里出来

渐渐感觉不对劲,仿佛
手持火车票,追赶大巴。
如果停下来,空虚会像你的裸体
突然呈现在售票大厅的镜子里。
继续跑,或者维持跑的幻觉
替代物是必需的。
火车穿过我们的梦呼啸而来,
诸如此类的叙述也是必需的。
如果忘了脚,要记住口令:
"一二一,左右左。"
看见雾中晃动的人影,感觉雾是
甜蜜的,人影也是。
你的甜蜜感会把"他"变成"她"。
她这样,她那样。
抓不住她,就编几个
以她为主角的故事。
我累了,不想再
"叮叮当当"地弄出一些声音
来安慰自己。我通过想象自己
从镜子里走到雪原上来治疗幻想症。

我摸到一只鸟瘦骨嶙峋的肋骨

为她写一首诗,就像
打喷嚏,得有触发点。仅仅有爱
是不够的。她的皮肤,她的发型,她一穿上
就让我们忘记其姓名的衣物
如何如何,也不够。
她太瘦,我只有
闭上眼睛凑近我的鼻子
变成瞎子的人,容易找到
误入花园的恍惚感。
"她四肢灵活,让人
联想起某种濒临灭绝的鸟。"这样描述
的结果是她的浑身长满了羽毛,我得赶紧
用"乳房"之类的字眼
来替她解围。它太小
还得想办法促使它发育,由名词
转化为动词。她的
乳房还在胸腔里沉睡
她一声尖叫,羽毛
又回来了。我的两手
沾满乱糟糟的味道。如果我说
我摸到一只鸟瘦骨嶙峋的肋骨,你不要以为
这是一首献给鸟类的诗。

女人的立方根

让她学狗叫,她就学。
樱桃小口"汪汪"叫,仿佛
花园乱了,玫瑰发出兰花香。
桌上放一把椅子,让她站上去。
她的臀部星体般升到我的头顶,线条
和凹凸感仿佛星光。
她尖叫着,用一个
随时准备扑下来的姿势把我填满了。
我喜欢玩一些小把戏,让她们
变幻出女人的立方根。
这不是爱情,也不是性。第三种,或
第四种,没有名字。
她站稳了,我一摇
一条瀑布马上出现在我的头上。
我一边摇一边得克服
用一只杯子接住她的念头。

考场上的和旋

考场上,她突然做出一个惊异的表情,仿佛
挂钟被露水溅湿的样子。
她的条形码不见了。在晃动中
我不知道用液态还是固态来描述她的身体。
我们手忙脚乱地寻找,同时朝地上
的一张纸弯腰,碰了一下头:一个和旋
在教室里无声地荡漾。
嗯,再弹一下嘛。我的头上
有一根弦。这样的幻想
比老想着自己是一架梯子舒服得多。
有人靠养一只狗来逃避现实
有人靠吃药,有人
上下楼梯都要数一数。
我擅长把杯子里的水立起来,制造瀑布。
在一群弯曲的考生面前,我只能
酝酿结石。"是不是
粘在你的衣服上了?"果然
在袖子上。她笑笑,埋下头
静下来,就像溪水
流进管道。我坐正身姿,看上去
像一株有半截埋在黄沙里的耐旱植物。
其实我更乐意做一头
一伸出舌头就能舔到自己的动物。

怀揣萤火虫的人

下课后，她反过来要我
叫她老师。她写了一句"莹火虫在天上飞"。
我说萤字错了，她说我是老师
我让你写你就写。我乖乖地
照着写。她将那张纸撕成碎片吹进我的衬衣，让我
闭上眼睛寻找萤火虫飞入身体的感觉。
出了大厅，我远远地避开熟人。一打招呼
你就会发现自己和他们一样长着一双
将裤管绷得紧紧的无聊的腿。校门外
一群花花绿绿的老太太敲着鼓
跟在一辆打广告的车后头。鼓声震耳，阳光
泼在鼓面上钢水一样四处飞溅。她们
敲一下鼓，我就神经质地闭一下眼。我可以
到马路那边去（走在街上，我老是
想着对面更有意思）。我不能跑，我得
像一艘运载瓷器的轮船那样行走。一辆卡车
为了让我占了线，对面驶来的面包车
只好停下来。当四面八方
喇叭轰鸣的时候，我有一种
倒下去的冲动。其实我真正想做的是
脱光上衣吹一声哨子对他们做一个
暂停的手势。作为解释我将那些碎纸
撒向天空但我不知道要配上一种什么样的表情
他们才相信我在大白天看到了满天飞舞的萤火虫。

适合用口型表白的女孩

她还小,胸脯藏在胸腔里
花香藏在花苞里。你老是
想着她,宛如一座
牵牛花花架。她喜欢
挠人家痒痒,不必担心
她的体重。你追,她跑
就像捉蝴蝶,抓哪儿
是个问题。故意被树枝挂住,让她
停下来看你,仿佛流水
变成潭水。水面还在
冒泡泡,但你看见了
来自水底的深深的一瞥。你刚刚
像公蜂扎入花蕊那样
闭上眼睛开始幻想,她就过来
朝你的脸上哈气,就像
在你的脸上产卵。你一睁眼
她又飞走了。只能用口型
向她表白。你的眼神恍惚得
仿佛脱离了身体。现实中
一个肥嘟嘟的姑娘,你要
再一次醒来,在手上
焊一把长长的钳子,才够得着她。

雪人

一群成年人在玩雪,他们
大喊大叫。他们中的一个
不玩也不叫,他怔怔地发呆。
落在他身上的雪都没化,
它们在他的头上衣服上越积越厚,
将他变成了一个雪人。
他们叫他的名字,他没有反应。
几个女的过来挠他,手指都被
冻伤了,她们的尖叫声
将树上的雪都震落下来了,
只有他身上的纹丝不动。
直到一个穿羽绒服的姑娘路过,她朝他
微微一笑。其他人都没有看清
她看他的眼神,他们只是听到
那一瞬间他的身上传来雪崩的声音。

囚徒

亲爱的,再不遇见你
我的脸上就要长出面具来了。
身上长出鱼鳞,羽毛,
脚上长出蹼,
手上长出鹰爪,
走着走着就想飞到空中去,
跳进水里去。哪儿都去不了
也不敢义无反顾地倒下去。
你朝我走来,凡你所经之处
冰块都在哗哗往下掉。
你伸出手来,我得赶快
收起鹰爪,像你一样露出明亮的微笑。
你也听到了,我的体内
一个囚徒就要破壁而出。

第四辑　头疼也是对头的一种肯定

关于金鱼的猜想

金鱼呆着不动,我不习惯;
它的尾巴摆动得太厉害,我照样不习惯。
为了忘掉它的身体,看它吐泡泡。
泡泡太单调,送它一口
四壁都是镜子的鱼缸。
耳廓晃动,搬鱼缸的时候
大声喘气是必要的。
接下来,总要为摆放的位置争论几句。
眯着一只眼,东敲敲
西敲敲,半日过去了。
从上往下注水的过程,可描述为
"我创造了直立的水"。
黄昏降临,流淌声
渐渐转为滴落声,一群
被一个代替。金鱼
从肚皮里看见自己是灰色的,不承认
鱼缸的固体性,它叫它
四边形。四边形漏水
一条金鱼靠观察自己在镜子里游泳的方式
来渡过旱季。这样的猜想
金鱼和我们都不反对,对不对?

死鱼眼

我是老师,不可以
随便晃动脑袋。既不表示摇头
也不表示点头,那是什么意思。
我说没什么意思,我仅仅是
像晃动鼠标防止电脑休眠那样
晃动了一下自己的脑袋而已。
我在黑板上画了个头像,他们先是争论
那是谁的脑袋,最后得出结论
那是一个有点变形的西瓜。
有时候我急了真想捏一个雪团
扔过去。最后我将它
对准自己的后脑勺磕碎了,雪掉在
脖子里的感觉清晰得
就像白茫茫的雪地上一只鹰
在通过一面镜子认字的身影。
很快,雪会化成水,我可以
潜到水底继续保持这种幻觉。但不能
为了练习憋气而把自己
想象成一条对着太阳看也不眨眼的鱼。
我估计长着一双死鱼眼的人
会感觉脸上镶了两颗玻璃珠子,他看见
三只脚的鸟没有嘴用眼睛吃东西的人
有一天还会神秘兮兮地告诉你他是一面哈哈镜。

喝水的哲学

一口水含在嘴里，我想清楚地
念一声"shui"再咽下去，看喉结滑动
以确认水经过喉咙。过于小心
听不到"咕嘟咕嘟"的声音，耳朵
依旧是干燥的。这可以解释
为什么人泡在浴缸里脚还要
伸到水龙头下去淋浴。
在洗车场，为了向一个司机证明
我的身份，我用水枪射向天空
并请他观赏我制造的彩虹。
这种矫情的做法影响了我的心情，接下来
我会小心翼翼几个星期不提彩虹。
为了找到把水声喝下去的感觉我闭上眼睛
甚至把自己关在黑洞洞的屋子里，仰起脖子
往嘴里灌水。这样做
忽略了肚皮的感受，仿佛
塞进了一只动物的胃。时不时
我会跳一跳，以避免
因顾虑重重不知道用哪种方式
喝水而导致水在嘴里变成胶水。

遭遇大山

经过一座大山，忍不住
想哭。群山苍茫，将你撞成一张
拾不起来的蛛网。暮色像一块
巨大的橡皮。咳嗽一声
找回嘴，打个响指
找回手，你得赶紧
把自己拼凑在一起。
晚年像挡风玻璃前方的落叶
迎面扑来。车声，人面
仿佛去年。黑夜将一群人
变成一个，将一个人
变成四壁通风的房子。
你在纸上画舌头，然后
用纸去补那些漏洞。
你的味蕾一失灵，它们
又开始"呼呼"地漏风。
风深渊一般，灌满你的耳朵，从里面
摇晃你。你把洗脚叫浇水。
为了将体内正在发炎的 U 盘说成发芽
你不停地舞动四肢以迷惑自己。

垂柳的方向

垂柳朝上,还是朝下
生长？在课堂上,我不能说
C才是我中意的选项。
我伸出一根食指又故意
让它弯曲,他们
像等待指南针的摆动停下来那样
等着我宣布:A,还是B。
相信A的一心想
飞到天上,相信B的只希望
像土拨鼠那样呆在地下。
我将一口茶久久地含在嘴里,准备
在它变凉之前再来一口。
有人等得不耐烦,跑上来
在我的左脸上标明S极,另一个
在我的右脸上标明N极。两只眼珠
各自转朝一边,看什么
都只有半个。有时
我想用杨柳来代替垂柳,或者干脆
用一把斧头来解决问题。其实
懒得说话的时候我只想
做一株垂柳风来了就晃一晃我用鼻子吸气
我管它叫气息而不是什么东西南北风。

铁环的模样

一个只能用是或不是回答的问题
让我想起一根两头尖尖的钢筋。
回答这样的问题，就像
随手扔掉这些钢筋一样让人不放心。
睡觉的时候放在枕头边，害怕
做噩梦，只好爬起来
将它扳成一个看不见两端的铁环。
滚过来。滚过去。我喜欢
一个东西骨碌碌地滚动的样子。
学生不喜欢。他们希望
答案简洁明了，黑就是黑
白就是白，如果你刚点头，马上
又摇头，他们就会陷入混乱。
你只好把铁环拆成钢筋，让他们
看看左边，再看看右边。说到
左边的时候你伸出左手，说到
右边的时候伸出右手。你不停地唠叨
一根钢筋有啥好看的，你们只需
认识一下铁环的模样。你想同时
伸出两只手比一个完整的圆给他们看
他们不看你骂一句去你妈的然后
离开教室气愤得走路都失去平衡
仿佛刚从教室里走出来的只是半个人。

尖酸的三角形

如果你让孩子有机会和一只流浪猫
亲密接触却不愿养猫，就得做好
从窗子里伸出头去和自己打招呼的准备。
听音乐，音量太大，仿佛
一些大块大块的固体塞满了房间，你认为
还有用吗？反过来
如果旋律过于轻柔，马上就会
因为被你当成水和风而飞快地漏掉。
用左脚不停地跳可以忘掉孩子
苦苦哀求的脸，用右脚跳
可以忘掉小猫"喵喵"的号叫。
我不敢肯定芭蕾舞演员陀螺一样旋转
能不能甩掉更多不愉快的记忆。
我不行，双脚一静止，脑袋里
就像置入尖酸的三角形。这时候
打开电视就是用一个四边形
代替脑袋里的三角形。你可以
捏着鼻子学猫叫逗孩子发笑，完了
又跑到街上去寻找一只猫让它
围着你打转像蹭妈妈一样蹭你的裤脚。
要是他(它)们懒得理你你只好像装义肢的人那样
走回家去把孩子和猫画在一张纸上聊以自慰。

头疼也是对头的一种肯定

我说东边的意思是，气球
在东边炸掉了。这是一个
比气球本身更明确的事实。
那只拿过气球的手空了
却固执地举着，就像
猎猎作响的旗帜间一根光秃秃的旗杆那样尖锐
多好。可惜它垂下去了
我也是，要手指上
缠满扎气球的线才好意思举起来
还要在背上大大地写上：
我是树，别理我！
我当然不是树，但这样
可以避免人家一会叫你张三
一会叫你李四，叫得你
老是怀疑自己头上戴着几顶帽子。
我现在明白了一个好端端的人为什么要不停地
晃动脑袋，他们甚至认为
头疼也是对头的一种肯定。

胸大肌

和我聊 QQ 的女人都喜欢问
你叫什么名字,她们不理解
一个男人偶尔需要忘掉自己的姓名。
不仅仅是落叶掉在
花坛上,米粒躺在口袋里。
小姑娘不辨方向,她的眼里
花枝乱晃。我吐泡泡逗她,她说
"傻瓜,嘴里不能含肥皂。"
我说我不叫傻瓜,我叫熊二。
但我不能说服一个干燥剂一样寂寞的女人
让她相信我叫熊二。接下来
她又问你是干什么的。你说
你是教师,她发了个表示惊叹的表情给你,并赞美
教师是个光辉的职业。你说
这个职业的光辉之处在于方便找到出气筒,她说
教师怎么可以随便拿学生出气? 你被她严肃的口气
震住了再也不敢随便说话更不敢提出
请她打开视频让你亮亮你的胸大肌。

一个人过生日

三十六岁生日这天,我一个人
先敲门,自己喊
"请进!",然后掏出钥匙打开门。
我在屋里转了半天,找到一只苍蝇,抓住它
又放掉。黄昏时分,我希望
有一只猫围着我打转,蹭我的裤管。
这比玩一只苍蝇让我感觉和世界关系更密切。
要是有一条小狗也不赖:
你叫它过来,它就过来。
我喜欢被一条湿濡濡热乎乎的舌头舔。
我建议每个疯人院都养几条温驯的狗来治疗精神病人。
我不适合养狗。在路上
如果有一只狗愿意和我
亲近几分钟又不要求我
记住它,它肯定是一只
快乐的狗狗。没有因为多出一个人
而影响它作为狗的生活:
起草,啃骨头。它不会出现
和一条狗在一起却感觉好似
与猫相处你汪汪他喵喵之类的鸟问题。

第三只苹果

亲爱的，给我一只苹果。对不起
再来一只。第三只
我的左手和右手，争过来
抢过去。你看我
像不像一个热爱生活的人？
吃过苹果，来到果园
做深呼吸。将一棵树
吸到肺里的感觉真不错。
你得理解这样的怪癖，这证明我
确实是一个容易感到空虚的人。
小时候，某个夜晚突然让我意识到
我有一个像破窗子那样漏风的脊背。我不停地
晃动手电筒，它的光
在晃动中像一群护士一哄而散，而不是
像手术刀那样划破黑夜的肚皮。在这个比喻里，
护士是孤独的。
手术刀是孤独的。而黑夜
是一颗被手术刀遗弃的肿瘤。
第一只苹果给护士，第二只
给那把锈迹斑斑的手术刀。第三只
被扔回来。如果你不知道
放在哪只手里好你可以让它们互相争抢。

方向感

流水是线形的，哗哗的流水声
是扇形的。我的头
是圆的，缺少方向感。
他们问：长方形，还是
正方形？我马上
被杂乱的枝叶覆盖，而不是
那个站在林中把一棵树
吸到肺里又吐出来的人。
你不要指望用分辨酒精和汽油的方法
来使我清醒。晾衣绳上
挂满花花绿绿的衣物，你可以
一把火烧光。也可以
让她们躲在这些衣物后面，一个
变成一群。如果我摸过来
摸过去突然四仰八叉地
摔倒在地上，就会一下子看见头顶上
黑魆魆的天空。如果
非得自我安慰一下，我宁愿说
我透过锁眼看到一片星星而不说
我站在旷野看到一颗星星鱼钩一样垂下来。

打不出喷嚏

一个小女孩一边吃糖一边
追一张糖纸,仿佛
两张糖纸一起飞。我用胡言乱语
代替吃糖。我说姑姑
那只小狗想吃你的糖。她指着旁边
汪汪叫的大狗说,它爸爸
不许它吃。妈妈来一句
狗不会吃糖叔叔在哄你。
又来了! 狗回到毛皮,人回到布,
两只手,各回各的裤兜。
我像扳弯一支箭一样让自己
弯下腰去。我说,快。
我让她用叶子拂我的鼻子,然后
对着我的鼻孔吹气。不行,还是
打不出喷嚏。她不理解
一个打不出喷嚏的人为什么会
突然多出一个洞;他为什么要
心急火燎地找一个人刺激自己。
我想运动,但我不是老头
不能靠"噼噼啪啪"地拍巴掌
来忘记其他感官。也不能
用不停地捡球来忘记打球和捡球的区别。
如果有一天我忍不住做出疯狂的举动我
怎么给他们解释我没别的意思只是想打喷嚏。

断裂

来自十年后的一声断裂，肯定
与我今天下午打的一个盹有关，这种想法
让我有些紧张。一半
坐了下来，还有一半
踮着脚尖伸长脖子东张西望。
我跑起来会不会比站着不动
更能吸引她们的眼球？
也许是。但只要我一想我跑的时候
双腿什么样上身什么样，它们就会
马上分开各跑各的。如果
你想用胶皮之类的联想来解决问题
只会适得其反，以此类推
你的身上还会出现轮胎钳子锯子
下水道化粪池瞭望塔控制室合成车间等等
乱七八糟的东西。我说我
是一棵树你们不要以为我真的
那么喜欢树。我累了。不管你叫小玉
还是玛丽，让我们一起来
模拟人工呼吸的场景。我的样子
适合扮演昏迷的那个，我闭上眼睛
左等右等没有人来我只好把自己当成一棵树
植物不像人那样动不动就说我很沮丧。

动物眼里没有直线

从操场的东边到西边,我不是
直接穿过操场,而是
踩着边上白色的线绕过去。
老是踩着线走路让我幻想自己是一列火车
一有人挡道嘴巴就发出汽笛鸣叫的声音。
我还喜欢用线形的东西打比方,比如
光阴似箭日月如梭我和某某
就像两条永不相交的平行线
我的手盖住了某物如果我
一想到手指和树枝的相似性它马上
就会从指缝间漏掉。有人建议我
服用致幻剂:爬在铁轨上
听潺潺的流水声,不分东西
只剩原野。走向一条河,恍惚得
忘记了转弯,直接涉水而过
从另一边湿淋淋地走出来。一边走
一边叮叮咚咚地滴水是不是更容易
让人联想到一头毛皮厚厚的动物,它们喜欢
把生殖器露在外面以保持平衡。

模仿猴子

有时候,我喜欢像猴子那样
伸手到镜子后面去摸。我知道
摸不着什么。瞧,我生气了,这也是
假装的。像我这样的人,甚至
扮不出一个像样的鬼脸。
我不能动不动就掐自己一下
以增强龇牙咧嘴的效果。这样做
肯定不是为了看起来像一只
真正的猴子。但我相信
猴子被自己生气的样子吓跑的那一分钟
绝对不会相信镜子后面是空的。
做一只猴子的好处是,它不需要
砸碎镜子来安慰自己。如果
一块碎片飞过来恰好击中脸部
这样的效果会不会更好?
疼的感觉是具体的特别是当它不停地往外冒
湿漉漉黏稠稠红彤彤的时候。
最终一块白得耀眼的纱布成功地
遮住了满脸的空虚。不用怕,如果你
是一个理智的人或者一个缩头缩脑的
胆小鬼,我们可以将自己当猴子然后继续
玩一些模仿人的游戏。要是你是一只真正的猴子
你就不会为像不像的问题伤脑筋。

和门把手告别

妻子在看偶像剧，儿子
躲在自己的房间里玩游戏。
我噘起嘴唇学画眉鸟叫，用手机
录下来又放给自己听。
我把一个枕头朝她扔过去，然后
等着她扔回来。她不理我
我想将枕头撕开把里面的棉花从十七楼
撒下去，制造下雪的气氛。
我是一个理智的人，我有自己
宣泄的方式，比如我喜欢
看河水奔流，把自己的名字
写在一张纸上让水漂走。
但我无法让这张纸
漂进茫茫的大海，我老是
担心它被一根沾满泡沫的树枝
挂住了。每次怀着这样的心情出门
我都像一个即将迷失在雪原上
的人那样站在门外握住门把手和它告别。

我的洞

楼上的电钻一天都在叫
"突突突,突突突",搞得我
神经都快崩溃了。我从客厅
逃到卧室,从卧室
逃到厨房,都没有用。将耳朵
挂在窗外也不行。
我想用一种神奇的力量在天花板上
瞬间弄出一个洞,一个
电钻怎么也打不出来的洞。然后
猛地伸出头,吓得那个家伙
从此不再相信电钻。
相反的情况是,他看我一眼,甚至
看都不看,埋头工作。而我
有可能被卡在那个洞口,上不去
下不来。我会喊,师傅,帮帮我!
接下来我们一起咒骂那个洞。
现在,我骂一声洞,再骂一声
电钻。医生说,骂两样相反的东西
有利于治腿瘸。我站稳了。他说
预备,走! 我问:向前,还是后退?
我不停地原地跳动,说明我
对生活还是抱有一些幻想的。

麒麟胃

我累了,提到神马,吐个泡泡。
提到浮云,也吐个泡泡。
别烦我,我不是
神经兮兮的指南针。
不管云向东还是向西,都是
在天上。她继续追问
白云还是乌云? 我懒得搭理她。
她想从我脸上欢喜或忧伤的神情
来判断我看见的是白云还是乌云。
我必须保持恍惚的状态。过于
肯定或否定的语气都会
影响我的胃。我甚至
不敢肯定胃本身是什么样子的。
我只能说,我的身体里有一只
麒麟的胃。她反对
用这种影都没见过的东西打比方,这不利于
解决生理上的问题。
什么鸟问题? 据说
把"湖里有一片蓝色的天"说成是
"天上有一座蓝色的湖"有利于消化。

为烟花鼓掌

过节就是许多人不约而同地
将篮子举过头顶。当然
有些篮子是空的,有些人
根本就没有篮子。
我没有。两手空空。主观上
我希望自己看上去像一只
什么都没装的陶罐。巴不得
自己被塞满的应该是
口袋和寡妇,而不是陶罐。
实际上我没法静下来。我一会
跑到东边,一会跑到西边。你能想象
将两串铃铛绑在腿上有多么
抢眼和悲壮。怀着屈辱
坐下来。你来一句
"圣诞快乐",我回一句
"圣诞快乐"。就像两条鱼
吐泡泡。我们不是鱼我们应该
摩擦出更快的心律并深入对方
喉咙里鲜红的孤岛。我是一个
善于自我调节的人,我可以
对着电视里满天绽放的烟花热烈鼓掌。

鼻子过于灵敏

一只狗在马路上沿"S"形巡进,它并非
迷恋图案之美。它听从
鼻子的指挥。
红色还是绿色? 正方形还是
长方形? 之类的问题
会让一只狗仿佛置身于
一间四壁都是镜子的屋子。
哈,这世界真不赖,闻起来
像一根香喷喷的骨头。或者它说
鼻塞让星空晕眩,都说明
这只狗还不需要心理医生。
我的问题是,我也有一只
灵敏的鼻子。过桥的时候,我得
捂住鼻子才能保持身体平衡。
要捂住鼻子,我看上去
才像一个正常的人。否则
背绕口令要打喷嚏,左手画圆右手画方
要打喷嚏,把一根骨头
形容成一朵云要打喷嚏……
把这种现象简单地理解为感冒,
就像给一只忧郁的狗穿上一件衣裳。

第五辑　被词语包围的沉默者

深度爆破

我堂哥,一位五十多岁的
煤矿工人,专门负责
地下爆破。他有一张
中药似的脸。小时候
我们怕鬼,夜里一群孩子围着他
就像围着一只巨大笨拙的铁火炉。
好多次,我们看见他
头戴钢盔,满脸严肃,像一只
土拨鼠行着军礼消失在洞口。
我们从来不敢跟着他
到那神秘幽深的地方去。
我们留在外面,尖叫着
把一些纸片和气球搅得满天飞。
当他再次出现时,我们
把他想象成一个穿越时空隧道
回来的人。我们知道
刚才,就在世界安静得
像一碗糖水的时候,某个
我们看不见的地方,被他改变了。
他的方式让人着迷:一只手握着
哧哧响的火,另一只
在黑暗中摸索,寻找一个
一摁就能让千年痼疾松动的部位。
这些年,每次回乡
我都要去陪这个沉默的男人
坐一坐,从小他就喜欢用一种

枝头注视落叶的目光注视我们。
一片树叶离开树，变成
落叶，一个人离开人群
成为我。我这样，我那样，仿佛
一只瓶子被风吹得呜呜响。
记得我们曾经把耳朵紧紧地
贴在地上，窥听堂哥在下面
爆破的声音。耳廓灼热，耳朵里
有了压舱物，我们变得
像身边的煤块一样安静。
多年以后，我仍然不停地
模拟那个动作：将我的耳朵
贴在某个什物上，倾听。
在没有深渊的地方
制造深渊。更多的时候
像堂哥那样，一个人
呆在一张纸的深处，制造爆破声。

死者的目光雪花一样注视我们
——悼念辛波斯卡

辛波斯卡死了，我没有
感觉更孤独。我又一次
读她的诗。天黑了
我有些恍惚，仿佛
从另一个世界返回时，道路
被积雪覆盖了。走过来
走过去，脚步声
比双脚更清晰。
置身雪地，我不能
从一个具体的人身上寻找安慰。
"她的前方，白茫茫一片
身后，同样如此"。
这样的叙述让大雪更辽阔。
我也不相信死去的人
可以从天上垂直地注视人间。
但我可以想象她的目光
变成雪花从天上飘下来，它们
落在我的头上并在暗中悄悄化掉了。

甜蜜而巨大的谜
——纪念特朗斯特罗姆

我知道你的时候，你已经老了。
你已不再用脚行走，你用
语言。到最后，一个知晓语言秘密的人
只能说出几个简单的词语：
对。是的。好的。可以。
你很少说不。你让污水
流入大海，将腐烂的果子
深埋进泥土。你不像我们
将悲哀和宁静视为截然不同的两部分。
你走了。这一次，去天堂
不用坐轮椅。我们在人间
继续跛足而行，继续
呆在蚂蚁的影子下
争执，叹息，相互攻击；然后
又用触须上的蜜去相互安慰。
我读你的诗，但没想过
到你的诗中去寻找谜底。
正如此刻，我眺望夜空，但我
不去猜想你所在的位置。
想想你留给我们的甜蜜而巨大的谜
我们不会随随便便指着头顶说"天空"。

吞下种子

我这种人,不适合
伸开双臂模仿鸟儿。
我知道鸟儿能飞是因为
它们从镜子里看得见羽毛看不见
自己的脸。有几次,我也唱
"太阳出来啰儿"。
但飞不起来。他们说
仅仅忘掉五官是不够的,你还得
忘掉你的胃,忘掉它
"唧唧咕咕"的叫声,不要猜
"唧唧"指什么,"咕咕"指什么。
我做不到,它一叫
我的身体就有反应。
苹果,还是香蕉?有时候
它什么也不要,我只需
坐在花坛上,目光
与少女们汹涌的臀部保持一个
容易被溅湿的角度。有时候
我得吞下一粒种子安慰胃,不管它
在肚子里发芽还是发炎都能让它暂时安静下来。

论手和笔的关系

一只手和一支笔的关系
可以这样描述：一只手
伸向一支笔；一只手
紧紧地握住一支笔；一只手
正在转动一支笔（此刻，他就像
一滴失去方向感的墨水）。
不管将那支笔立在掌上，还是
像看体温计那样捏住它的一头（他意思是
看，我能让一个悬空之物
保持平衡），都无法
让他找到安慰。直到
他突然摘掉笔盖，写下一行字，或者
划了一个大大的"×"。有一会
他将笔倒转来，笔尖朝上，用另一头
在空气中写道：这是不是一种
颠覆世界的方式？啊呸，风才是
颠覆世界的，它会吹得你
手都不剩。他用笔尖
狠狠地抵住掌心。他认为除了下体
疼痛也是一种往外突起的东西这说明
他是一个喜欢朝水中扔石头
以击碎月亮来求证其虚幻性的人。

完美的状态

如果我喝醉了,嚷着要去
广寒宫,我要感谢那个
阻止别人提醒我的人。
我肚子里有根神经分兮的指针
我假装迷路,感觉就像
嘴里含着一颗被弄脏了的糖。
不像小姑娘,心思单纯
爱说"我们",适合转圈圈。
"螳螂捕蝉黄雀在后"对她们来说
是两个故事,至少是两只螳螂。
她们为第一只吃到蝉的螳螂欢呼,然后
忘掉它,再为那只被黄雀逮住的流泪。
还有一种情况,在第二个故事里
她们摇身一变成了黄雀。
在我的手里,只有一只螳螂
左手半截,右手半截。
同一时刻,我既想点头又想摇头。
有高人指点,一只耳朵做出兜住露水的样子
另一只聋掉,就完美了。

莫名之痒

据说,张爱玲晚年
为了逃避一种肉眼看不见的跳蚤
三年之间搬家 180 多次。
杀虫剂比表哥值得信赖。
杀。杀。杀。
看不见的敌人永远杀不完。
我不搬家。只是不停地
从客厅逃到卧室,从卧室
逃进厨房。我喜欢在河边
练习遗忘,直到找到脱得精光的感觉。
这种痒的存在,仿佛是为了证明
你的十根手指全是废物,你也是
废物。你说我是废物我认了
但为什么还痒,挠不着说不出
是不是也证明你命中注定
该有第十一根手指第二条舌头?
你固执地弯曲十指紧闭双唇
却没有人相信你指明了什么说清了什么。
你只能继续挠痒痒一心想在
挠了不管用的地方狠狠地挖一个洞。

称呼

儿子又在学狼嚎。
他说，学狼嚎
可以让他暂时忘记自己是一个人。
我说，做人不好吗？他说
做人当然好，但做一匹狼
不用考虑吃饭该咋坐，汤汁掉在身上
伸出舌头舔一舔就行了。
六点五十起床，十点半睡觉，
狼可不管这一套。要是小狼嚷着
要买闹钟，爸爸准会带他去看
精神病医生，哦不，带他去打滚。
狼也不用费神去思考
奶奶的妹妹的丈夫怎么叫。
其实直到今天，我也不知道
奶奶的妹妹的丈夫怎么叫。
小时候，我老是浑叫，直到他
认不出我是谁，让我滚开。
你别说，有时我还真喜欢动物之间的
交流方式：喜欢就蹭蹭，不喜欢，
各走各的。不必像雷达一样搜索
什么符号可以代表这个陌生的家伙。

和大海亲近的若干种方式

那天,我干燥地离开海边,就像一个
裤带都没松一下就离开妓院的人。
当我的前方不再有大海的
咆哮,我的身后
就多出了一座沙漠的凝望。
有人说,看海就看海,哪来那么多
名堂? 非要把手伸到水里去。
非要跳到海里游一游,美其名曰
和大海交媾。
交媾就交媾,干吗还想
潜入海底。只要不怕危险,
潜入海底也不是什么难事。
问题是,我还想在海底的礁石上
刻上一张脸。泰国的海底
不是就出现了神秘的脸吗?
有一张脸叙述起来方便得多。
如果只有礁石,你说你在一群礁石间游玩
人家根本分不清是北冰洋的礁石还是
太平洋的礁石还以为你是一条鱼呢。

理智的做法

姐姐先天聋哑，从小
我们就用手势交流。
我指指水缸，比一个喝水的姿势
她就会递给我半瓢水。
我指着花告诉她春天，捂着耳朵
提醒她炸雷。我一眯眼她就知道酸
我一咧嘴她就知道辣只要我
不哭不闹她就知道一切都好。
姐姐是哑巴，从不提问题。
而我解决问题的一种办法
就是给姐姐说清楚那个问题。
长大后我进了城，姐姐
继续留在土地上繁殖土豆和玉米。
有时回老家姐姐总是乐呵呵地比划
她养的猪有多大，她也会
为死去的母鸡哭泣。
看到我服药她问我怎么了。
我指了指肚皮但没法告诉她结石
是怎么回事，我比划了半天她都
满脸困惑，我伸出舌头挠痒痒
显然比在肚皮上打个洞的做法更理智。

裸体男子

一个与众不同的裸体。
不是卧室里的,浴室里的
也不是医院里的,更不是
画报或电影里的。
他是光天化日之下,突然
出现在大街上的一个男子。
他还相当年轻,个子不高
体形匀称。他微笑着
昂着头,像熊一样
从一群穿衣服的人中间走过。
有人帽檐低垂,眉眼虚无。有人
将脑袋折叠在高高竖起的衣领里。
我看见他的老二,像一枚弹头
高高翘起。
那个阴冷的早晨,这个
一丝不挂的疯子,像一块
烧得发红的铁在街上滚动。
有人仿佛被烙疼了脚,慌忙
跳开。我看到更多的人
影子一样从他身边匆匆飘过。

打结的舌头

我说话越来越含混不清。
我甚至用幻想自己是一匹狼的方式
来修改声带,但没用。
一张口,依旧
嘟嘟囔囔。没人的时候
我偶尔发出一两声神经质的嚎叫
并不停地吐泡泡,如果这样
还不能打消嘴巴只是一个洞的念头
只能伸出舌头观察它的形状。
没有得出结论就缩回去,舌头
仿佛打了结。我的脸
既不是方的,也不是圆的
简单地说成椭圆真他妈叫人沮丧。
我在街上接通一个电话,
我这边"嗯嗯啊啊",他那边
也"嗯嗯啊啊",这让我
产生陷入一堆气球找不着北的感觉。
一只气球飘到东边
你犹豫地等待着,如果它"啪"地一声炸掉
你就会一点头直接说:东边!

对舌头的若干种描述

不想说话,伸出舌头
保持新鲜。为了达到最佳效果
通过镜子观察舌头并
挖空心思地寻找形容词:
鲜红的。灰白的。光滑的。粗糙的。
干燥的。湿润的。柔软的。僵硬的。
饱满的。干瘪的。坚挺的。疲软的。
竭尽可能地赋予舌头更多造型
以避免发音上的缺陷。
一会变成棍子一会变成帘子
一会画方一会画圆一会坦荡一会曲折
时而模仿青蛙闪电般的捕获
时而幻想象狗一样顺其自然地下垂。
舔水与喝水,不同之处在于
舔水能让舌头找到一种形而上的满足。
还要舔空气。还要在夜晚
雷达一样伸出去。
到现在,还有很多种果子我没吃过
很多种味道我没尝过远远地看着一片果林
渴望通过描述将它们一网打尽。

为什么写诗

很久没写诗,感觉就像
五官挤在一条鱼的肚子里,
穿着丝丝缕缕的衣服
钻过灌木丛。要是我裸奔
汽车的喇叭和小贩的叫卖声
肯定追不上我。
但我敢吗?
风铃在一只胶桶里发出闷响。
耳朵贴上去,眼睛凑近去
用鼻子嗅,用舌头舔
两手抱着使劲摇晃,都不行,
听不到清脆的声音。
喝啤酒,然后
砸瓶子。如果我喝醉了
指着一样东西"嗯嗯啊啊"半天
叫不出它的名称来,请直接
将一杯冰冻的啤酒从我的头上浇下去
让我像受到刺激的动物那样
叫出来。每隔一久,我就会把自己
想象成一头动物并模仿它的声音
给打了结的舌头消消毒。

第六辑　和茅草搏斗

和茅草搏斗

父母总是不愿进城
和我们一起生活。
他们舍不得他们的玉米、土豆、菜园、鸡崽和几棵
每年果子都烂在树上的果树。
我知道他们更深的忧虑：
田园荒芜，齐腰深的茅草
覆盖了通往家门的路。
我没有告诉他们我的忧虑：
那些他们与之搏斗了一辈子的茅草
正在疯狂生长，蔓延，它们终将
踏着他们佝偻的骨头占领我们的家园。
我暗示过父母，他们百年之后
我绝不会拆掉他们留下的瓦房，
我会抽时间来除除草。
他们知道我使不惯锄头。
我没有告诉他们我喜爱写诗，
我也在用我的笔，和那些铺天盖地而来的
正在淹没我的茅草搏斗。

在竹林里

坐在竹林里,冒充竹子。
念头一动,就露出
一根竹竿光秃秃的样子。
我弹琴,长啸,弄出一些
响动,就像竹子
偶尔需要晃动枝叶
防止休眠。如果它不停地
晃动,应该把它
栽到舞台上去。我来这里
可不是为了等待一双
调色盘一样的眼睛。
月光洒满竹林,慢慢地
我像植物一样开始滋生露水。

空山

我见过很多种对"空山"
的解释:山上没有树林;树林里
没有鸟;有鸟鸣但没有
倾听鸟鸣的耳朵……直到一些
隐藏在暗中的嘴巴,开始
唠唠叨叨地叙说这一切。被他们
提及的东西都渐渐
明亮起来。太阳在落山之前
看了一眼混杂在落叶中的
那张脸。石头喂养的青苔上
耸立着一座金色的雕像。

往上走

登上二楼,你看见
太阳照亮了一大片尘埃
和一大片汗流浃背的人,黄河
带走更多的泥土和更多的人。
登上三楼,你看见
太阳落山,医生
回到自己空荡荡的房子里。
黄河流入大海,就像病人
被推进了手术室。
继续往上走。
向蚂蚁鞠躬,为影子
让路,不再点头和摇头。
从表情,根本看不出
你是在看落日还是在等待日出。

砍树的人

住了这么久,感觉还是
初来乍到。仿佛一切
都晚了:草是枯草,树是
古木,那些杨柳腰
也僵硬了。不知道
在我之后来到这里的人
会是谁。那时候,他肯定
早已想不起种树的那些手。
要是它们烂得快一点,他甚至
找不到一丁点依据
把我当成一个砍树的人。

镜子里的雨

一个人。身处大厦三十二楼。
用一块布蒙住电器。家具
是一种我们闻所未闻的木材
制作的(这一条是虚构的)。
然后,躺在阳台地板上
看天上的云,如果恰好是白云
而且它飘动的速度不至于带动
你体内的指针旋转,那么
你就能成功地变成镜子里的那个人。
之后你又把手伸出窗外去
抓闪电,揽乌云。还要
在下雨的时候往下洒水。你得
让自己相信,有一些雨滴
和你的叹气有关。只有它们
能沿着一棵植物的根茎
渗入到深渊一样的镜子里去。

把好玩的事藏在心里

你把那么多好玩的事
藏在心里,就像把一林秀竹
种在荒无人烟的山坡上。
有时绿波荡漾,有如意淫,无人
知晓。也有这样的时刻:
你像一副石磨的下面一扇那样
平静,其实另一扇正在
不停地碾磨,粉末儿
没有从你的脸上流下来。
风吹它的,云飘它的,你就这样
稳住不动。你喜欢把这种状态
比作一座地下工厂。你胡乱
把理发师称为樵夫倒不一定
是为了方便将自己的头发想成灌木林。

火红之后

也许,心再空一点,再荒芜一点
你就能看到更多的盛大之物,就像
秋日的原野盛满了夕阳的余晖。
当然,看鸟儿追逐鸟儿,蚊子
挤兑蚊子,也是一件有趣的事。
用一种落日般的目光,为那些
渐渐黯淡的叶子染上绚丽的色彩
似乎没必要。让金黄
退回黄,让火红,慢慢熄灭成
一片凝固的血。放弃诸多
比喻,但坚持把内心的困惑
比作迷雾,以避免像老年痴呆症患者那样
指着一样东西只能发出空洞的"啊啊"声。

被天空斟满

一个从未绽放过的人，暗暗使劲
希望跳过花期，直接结出
让人目瞪口呆的果实。
给我一个洞，或者一座
我只有机会说鸟语的山林。
真的，我们还不够
邪恶，也不够纯洁。这不是
深更半夜跑到户外，简单地说
我吞下了一个夜晚的颜色和
满天的繁星就能万事大吉的。
从枝头上，摘下一只
空杯子。我喜欢空杯子胜过
空口袋，它便于人想象
自己被黑漆漆的天空斟满了。

芝麻开门

在我和世界之间,要有一些
遮挡物。比如一片
槐树林,林间的浓荫,浓荫下
处女的阴毛一样恬静的青苔。
有一条曲折的小径。我知道
"曲径通幽",但我并不是
什么宝贝。这不过证明了
我的身上保留着穴居动物的某些本能。
当然,我应该算得上一头
喜欢看星星的动物。
导致落叶飘飞的,是我的混乱
而不是风。我等着一个和尚的
光脑袋太阳一样出现在院门口。
他会念经,指着我说:芝麻开门。

躲开卡车

如果你开着大卡车来,我会
躲起来。你看到的
是一群人,而不是一个。
要是你驾的是一叶尖尖的
小舟,仿佛一根手指
指着我,我的手一伸到水里
就抱住了那片方圆八百里的湖。
我们在亭子里喝酒,喝高了
脱掉衣服学狼嚎。一边
晃动脑袋一边胡乱称呼自己,直到
四周的湖面上开满了荷花。

那么多人

小时候,世界对我而言
就是一个村。唯一的远方
叫外国。现在多出
外省,外县,他乡,另一条街
另一个小区,还有我此时
正在眺望的另一幢居民楼。
其实我们也有很多共同点:
住一样的房子,窗子上
安一样的防盗窗。他们家的鸟
和我们家的鸟都养在笼子里。
虽然不认识,但大家
每天都碰见,一同出现在小区的
监控里。孤独的时候可以
打开视频来看看:那么多人和你在一起。

天上哈下来的气

最后一抹残阳映照在远处的
荒岛上,仿佛死者口中发出的
箫声。当然,这也许是
你的小船途经那里带给我的错觉。
送别的时候,天边
并不遥远。我可以用
你像太阳一样落山了来安慰自己。
我背过身去,用一根绳子
猛烈地抽打湖面来制造浪花,制造
我们每天都在吸食的致幻剂。
走着走着,我猛然
一回头,希望打乱逻辑
瞧瞧后面的东西。只见青山
被天上哈下来的气慢慢地迷糊了。

孔雀的屁股

我对自己的怀疑从俏皮话
开始,就像开屏的孔雀
担心有人看到自己光秃秃的屁股。
一会这儿不对一会那儿
不对。已经说了
是一棵树,还要让枝叶
像握手一样伸向另一棵树。
倒影浮躁,水面
皱纹丛生,垂柳被看成杨柳。
你相信,在一阵风中,或者
在老年痴呆症患者的眼中,可以将
两种落叶坠地的声音当成一种。

翅膀的意义

有时我希望心里那些乱七八糟的情绪
可以解释，比如溪水猛涨
源于秋雨，而河床空虚
和太阳口号般地悬挂在头顶有关。
莫名其妙，突然有水珠
溅到脸上，但周围没有水。
相反的情况是你试着进入一条
激荡的河，但你的头
却像一枚干枯的叶片漂浮在水面。
仿佛一只鸟，什么时候受到惊吓
取决于隐蔽在林中的那张嘴什么时候打喷嚏。
当然，我不是鸟。但我会
拼命想象肩上长出一双翅膀去证明
这些问题根本不是什么大问题。

眼泪

喝下一种"仙水"变成神仙的想法
大家都有过。有人只要闭上眼
念一句"芝麻开门"就飘起来了。
我不行,心里老是怀着
锥子一样的念头:摇晃。倒塌。
碎裂。一片废墟上,
塑料袋塞满了沉默的天空。
看到那么多悲伤的人,像我这种
飞不起来的人会产生第二个
浪漫的想法:让一片大海一样的泪水
淹死。对于容易被一滴眼泪
呛着的人,这是一种不错的安慰。

在水边

河水要清,要浅,要能看见
水底白色的鹅卵石。
不会游泳的,不敢潜水的
也能摸着石头过河。
希望真有香草,在多黑
的夜晚都能一下找准自己的鼻子。
这样,不管住在河东
还是河西,我们都是
水边的孩子。月下浣纱,洗涤物
在水中静静地舒展;我们
一边仰面等着月光来漂白,一边
把手伸向黑魆魆的水底。

摇晃哨子

即使爬到最高处去绽放
又如何？即使将花瓣
染成鲜血的颜色又如何？
在这里，只有溪水
流淌的声音。寂寞
就是一只哨子找不到嘴巴只能把它
当作铃铛使劲摇晃，一只鸟
对着一些画在纸上的耳朵鸣叫。
一个人，一天到晚
对着镜子做口型。最后
走进一阵大风，他想听听
自己体内花瓣飘零的声音。

我们

想想看,这么一个地方:
杯具华美,只有传说中的湘夫人
配使用;香水名贵,只赠
从不出汗的雅典娜。
红地毯铺好,轻音乐
响起。手也洗了,香也焚了。一个人
为那些想象中的贵宾大摆宴席。
一个人,对着空荡荡的三百个凳子
干杯。然后,一个人
仰天大笑出门去,站在旷野喊:我们!

只剩一只眼

家家户户，大红气球
高高挂。你看见人们
因为雨水滋润他们的气球而欢腾。
池塘空虚，长出青草。
一只只青蛙发疯似的
呱呱地吹着一只更大的气球。
夜深了，你依然等着。
仿佛有一个人会冒着雨
来看你。你想象她所到之处
气球全都噼噼啪啪地炸掉。
凌晨两点，她还是
没有来。你开始用左手和右手
下棋。最后，又让它们
握手言和。世界安静得
只剩一只眼，看灯花垂落，不知所终。

版图不明

雨落在江面上,江水流入
早已概念不清的吴地。
一开始,你没有
被雨声淋湿,后来想到
夜幕下辽阔的吴地你感觉
全身都湿透了。
第二天早上你站在窗前,
仿佛站在海岸上:所有的人
都在那条越去越远的船上。
只有一座山,像一个
巨大的背影背对着你。
你打开 QQ,又一次
抛出一个漂流瓶:
我一无所有,因为
我爱着一个版图不明的世界。

偶然

我不停地刨，是为了
从一堆沙子里弄出点意外来。
一块破铁，我将它
放在石头上磨，也放在
我的骨头上磨，直到
它像镜子一样说出真相。
也许，你感觉自己
活得像一个王朝，但一个
真正的王朝却像落花一样
飘摇。阿弥陀佛，感谢
东风，感谢那只
不早不晚适时扇动翅膀的蝴蝶。
差一点，花谢花苞里，美人老死
在深闺，我和你，茫茫两不知。

敏感的植物

一人独坐。打开窗子
用湖泊的方式接纳世界。
渐渐静到湛蓝，就像
在一条火红的大街上，独自
享受一场无声的细雨。接下来
我可以幻想身上长出了绿色的绒毛。
适合远观，但不能
伸手去摸。我毕竟不是
真正的植物，那么敏感，风
都可以给我挠痒痒。
如果非得说有时我看上去
像一株植物，那也是指
含羞草那类怕吵怕痒的，而不是
春天一到就忙着制造烟雾的柳树。

有如孤舟

在水边，顾影自怜，
我看到的是一棵草。
当我忽略这面镜子，以及
镜中晃来晃去的影子，我感觉
我被头上浓密的树荫罩住了。
鸟鸣，来自枝叶深处，
仿佛喷头洒下露珠。
雨后，一场大水
冲走了树上的鸟鸣。那棵树
突然露出通往黄昏的道路。
东南西北，都通往黄昏。
没有一个人。没有一个
我要去的地方。有如孤舟
忘记渡口，横在茫茫的水面上。

第七辑　慵懒的叙述

看不见的虫子

洗菜时，他发现菜叶上
有好多虫洞。
他一张一张地将菜叶剥下
翻来覆去地仔细寻找。
从外到内，没有一张完整无缺，
就连又白又嫩的菜心，都像
长着兔唇的婴儿。
层层深入，他希望
在最里层、最核心的部位
将真凶缉拿归案。
肯定是一个肥嘟嘟的家伙，他想。
他其实最想看看它的嘴是怎样
将他的菜弄成这样的。
他把菜心凑到眼前却什么都没发现。
会不会是一种我们看不见的虫子
把我们的菜吃坏了，女儿问。
他说，有这种可能。
他马上就后悔这样回答
一个孩子。他听到她忧虑地说
它会不会在我们的肚子里继续吃我们？

戴着面具睡觉的人

爸爸说,小心狼
妈妈说,小心狼
可是他从未见过狼
他每天赶着脏兮兮的羊到山上去
看着它们把矮趴趴的灌木啃光。
闻闻你,其他孩子说
臭得像一只打屁虫。
他就尽量离他的羊远一点
但羊喜欢围着他打转,咩咩叫。
他捉蝴蝶的时候跟着他
他看白云的时候跟着他
甚至在梦里也要跟着他
他恶狠狠地瞪它们,像狼一样
伸长脖子嚎叫吓唬它们。
他经常一个人跑到悬崖上
密林中,有时也到阴森森的山洞里去
他希望碰到一匹真正的狼。
狼没有碰到,有一天
他丢了一只羊,挨了一顿揍。
第二天又丢了一只。
从此,他不敢离开羊半步。
有人看见他在离羊不远的地方
四肢着地,像狼一样奔跑
两眼发出蓝水晶似的绿光。
他答应爸爸不再离开羊群去找狼
但得买一个狼面具给他

让他戴着睡觉,他说在梦中
他不想再闻到自己身上的羊膻味。

年轻女病人

一间病房住着八个病人，一个年轻的
女人，和七个男人。
女人呻吟着像蛇一样在床上扭动的时候
七个男人全部停止呻吟。
她扭动的样子还让他们联想到
病房里有一片波涛起伏的大海。
她整夜折腾，一痛就
捶打墙壁，他们就在墙上
钉上厚厚的一床被子。
她说她的胃里堵着一只球
他们就轮换着轻轻地给她揉。
三号提议给她讲个故事，五号说
女人更喜欢听歌，给她唱首歌吧。
最后大家统一了意见，三号先讲故事
五号再唱歌。他们不敢肯定
女病人有何反应，但七个男人
都被他们的故事和歌声感动得哭了。
第二天，女病人转院走了。
医生走进病房惊奇地发现
七个男人都踡缩在床上，一边呻吟
一边绝望地捶打空无一物的墙壁。

发呆的动物

体育节过后，一位老师
让他的学生畅谈自己的感想。
长跑冠军说，当我遥遥领先的时候
我感觉自己是一只豹。
跳高冠军说，我最羡慕袋鼠
今天我就做了一次袋鼠。
跑得最慢的一个说，我生平
最讨厌乌龟，但今天我感觉
自己就是一只乌龟。马上有人说
他是那只打败了乌龟的兔子。
有人长出了翅膀，有人多了几条腿
有一个拿不定主意，不知道
自己要做跳蚤还是青蛙，
老师叫起最后排的一个家伙
他什么都没参加，安静得
像一团空气。所有的目光
都集中在他的身上，他喃喃地说
谢谢大家忘记了我，这次运动会
我什么都没做，我在操场
杂草丛生的那个角落坐了两天。
我想不出，有什么动物
会像我这样看着自己的影子发两天呆。

失衡

一个男人右边的牙龈发炎,看上去
就像嘴里含着一颗糖。
女儿笑他,爸爸的脸不对称,像个怪物。
他照镜子的时候,看见镜子
向右边倾斜,走路时变得
一瘸一拐。右边的脸
灼热,沉重,像一个火炉。
他发现经过他左边的狗会朝他叫,
经过右边的却安安静静。
更奇怪的是,晚上睡觉
歪朝右边睡得着,歪朝左边睡不着。
他去看医生,医生开了药,说
多吃几天,一时半会儿好不了。
医生,问题是,我感觉自己
有两张脸。他沮丧地说,请你
给我打一针,或者来一拳
让左边看起来也像含着糖一样甜蜜。
医生让他不要胡闹,吓唬他
这样下去会被关进精神病院。
这个男人伤心地哭起来,突然又兴奋地
朝医生喊道,不信你尝尝
我的右眼流出的眼泪不是咸的是甜的。

口腔溃疡患者

他的嘴里长了一个大溃疡,在左边。
喷药之后,他的头不得不歪向左边
以便药液集中在溃疡那儿。
一开始,他不敢歪着头走路。
有人会因为你歪着头走路而怀疑
你把他看歪了,不高兴。
但一端正头部,疼痛感
就像刀片一样塞满了他的嘴巴。
牙齿谨慎,舌头小心,嘴上的活儿
能省就省:说话省掉表情,吃饭省掉味道,
打喷嚏省掉嘴巴的动程和磅礴的声音。
真是怪事,他想,有的伤
就像女人一样需要你向着它。
我敢吗? 他问自己,为了疗伤
一个教师可以歪着脑袋走路吗?
他站在街上,从衣兜里拿出药来
朝嘴里喷了喷,然后勇敢地
歪着脑袋向前走去。
嗨,你好。他一边走,一边向地上
歪歪斜斜的影子打招呼。
不怪你,他说,是我的身子
歪了。但伙计,我今天真想
像公牛一样轻轻地为自己唱一首歌。
一个西装革履的男人从对面走来
脸上现出痛苦的神情。
请恕冒昧,他说,你现在

不适合用这种端庄的步态走路。
他让他看看自己的溃疡，指指脑袋说
这样舒服。那男人说
老兄，你说得对，我今天
就是想一边狂奔一边骂娘。
谢谢你。再见。他果然飞奔起来，
边跑边喊去你妈的去你妈的去你妈的。

绿人

一夜之间,他的毛发全绿了,
睫毛阴毛都是绿的。
父亲愤怒地骂他,说他是怪胎
母亲放声大哭,妻子也哭
后来眼泪变成了抱怨。
你们别折腾了,他说,也许
我的前生是一棵树。
那么,他们说,你能结果子吗?
不能,他说,不是所有树
都要结果子。
你能干什么呢,他们问。
我能让孩子们骑在我的脖子上
就像骑在一棵树上。
他一天比一天糊涂。
你放机灵点,父亲揪着他的耳朵说。
你吓跑了我的树叶,他说,
吓跑了我的露珠。
我在治疗你的神经病。
老爹,你这样严肃,早晚会得病
不得病也会变成鳄鱼。
我就叫你鳄鱼老爹,或者鳄鱼姑姑,
叫姑姑更容易让你变回来。
他的父亲背着他对他的母亲说
你看到了,得送医院。
他母亲叹了口气说,先别,既然他说他是
一棵树,我们就让他多喝开水。

虫子事件

红豆生虫了,他的妻子
在厨房里大叫起来。
很快,他的母亲和岳母打来电话说
她们的红豆也生虫了。
所有人家的红豆,街上卖的红豆
都生虫了。她们说的红豆
和书上说的红豆不一样。
酸汤是他们的命,而酸汤里
不能没有红豆。他曾经琢磨过
这种豆到底该叫什么豆。
现在不重要了,他想,这是一种
我们绝对离不开却生了虫的东西。
第一天,他们吃白菜汤。
第二天,他们吃南瓜汤。
第三天,他们在酸菜里加土豆丝。
第四天,他们什么都没吃。
第五天,他对她说,这样下去
不是办法,我们得学会吃虫子。
恶心死了,她说,我不吃。
习惯就好了,他说,现在大家都会
吃虫子,你妈会,我妈也会。
于是他们将生了虫的红豆煮熟,精心烹调过
没开灯,摸黑吃了第一顿。
没想象的那么恶心嘛,她说。
其实味道挺不错,他说。
从第二顿开始,他们就大大方方地

坐在餐桌旁吃虫子。
来,他说,为我们的酸汤
干杯。儿子提议
大家齐唱一首歌庆祝他们的新生活。

别吃柿子

我们村有一棵大柿子树,它老得
没有人知道它有多老。
小时候,我们常在树下玩,围着它疯跑。
躲猫猫的孩子,不管躲得多深
最后都会回到树下来。
要是别的孩子回家去了,他看到树冠巨大的
影子,他也会注意到自己孤单的影子。
我们不喜欢吃苦涩的柿子。
我们喜欢柿子长在柿子树上,把它看成
柿子树的乳房,但乳房
是不能摘下来的。
大人们不管这些,他们只喜欢
柿子。他们从树上摘下柿子
埋在米糠里。他们从树下拽走孩子
噼噼啪啪地打屁股,让他们
像米糠里的柿子一样越来越软。
最后我们看见那些柿子在大人们手上
变得皱巴巴的,变成稀巴烂。
那些喜欢吃柿子的人很快也变得皱巴巴的。
听着,他们中的一些人会悄悄地
告诉我们,吃柿子的人老得快。
我们当然会庆幸自己不吃柿子。
因为我们不吃柿子,那棵树一直是棵
可爱的树,我们甚至忘了它是会落叶子的柿子树。

水银事件

一声尖叫,体温计从她的手中
掉下去了,又一声尖叫
它碎了。亮晶晶的水银
散落在地板上,就像刚刚
逃离监狱的暴徒,自由不羁,容光焕发。
快,弄出去,她大叫。
快,弄出去,他大叫。
他找来一张纸,小心翼翼地
将水银拂到纸上,然后
像医生包药那样将它包起来。
在楼梯间,他轻轻地呼吸,他经过之后
身后的灯都刷刷暗了下去。
但他的大拇指和无名指内侧
微微发烫,仿佛通了电。
他将水银埋在一棵桃树下。
他听到风一直吹,他的体内
有东西像星星一样晃动。
半夜,他的两根手指灯泡一样发亮。
他找不到开关将它们关掉,
藏在被窝里,又怕引起火灾。
他不得不举着它们睡觉,就像举着两根
从他身上长出来的天线。
后来他不耐烦了,蒙着头睡,想要
忘掉它们。他彻夜失眠:
那两盏灯一直在他的脑袋里亮着。

狗尾草先生

昨天下午我在河边散步,嘴里衔着
一把狗尾草。小时候
我喜欢嘴里衔一棵狗尾草。
我想用一把狗尾草,把童年
甜丝丝毛茸茸的感觉找回来。
一个人的嘴里衔一把草
不能让人看着像一头牲口在吃草。
必须赋予它一定的形状,最好是
像一把打开的扇子。
狗尾草遮住了我的脸,挡住了
我的视线。我的眼皮围着栅栏,
毛毛虫爬满了四周的空气。
快看,那儿有一束穿衣服的
狗尾巴草,一个小姑娘在尖叫。
不对,那是一个人,只是他的脸
长得像狗尾巴草,另一个说。
一个老妇人走上来扒开草看了看说
不要装神弄鬼,吓着孩子。
我没有装神弄鬼,我说,倒是你
吓跑了一个孩子。
我飞快地跑下河堤,我看到
我的影子像溺水者一样在水中挣扎。

玩雪花片的孩子

两个孩子在玩雪花片，他们用雪花片
组装成各种各样的模型。他们甚至
组装了一个孩子。他们用组装的奶瓶
给它喂奶，可是没办法
组装奶汁。他们中的一个
抱着它哄它睡觉的时候，被它硌疼了。
他们就动手把它拆了，把所有的模型
都拆了，然后把其他玩具
也拆了。遗憾的是他们已经
拆完了所有可拆的东西，天却没有黑。
一个孩子抓起一把雪花片，抛向空中大喊
下雪咯。另一个也抓起雪花片
抛向空中大喊下雪咯。
下雪咯下雪咯下雪咯下雪咯下雪咯
下雪咯下雪咯下雪咯下雪咯下雪咯
后来他们累了，于是做出决定
一个抛，一个喊。先用石头剪刀布决定
哪个抛哪个喊，后来轮流来完成。
雪花片有个缺点，小的那个打着哈欠说，
它们不会融化，它们要是融化了
我们就可以早点休息了。
要不我们将它们藏起来，大的那个说。
将东西藏在一个自己找得着的地方
那儿会有一双眼睛一直盯着你，小的那个说。
于是他们继续抛雪花片，谁都不说话
机械，沉默，面无表情，动作生硬，
就像他们自己组装的两个木偶在玩耍。

绕口令

你正在前往一树桃花。
挎篮子的人看见桃子
提斧头的人看见桃树。
平均主义是庸俗的,比如
你得桃花,他们
一个摘桃子,一个砍桃树
关系到速度
但不是谁快谁慢的问题。
关系到视觉与听觉
但不是眼睛和耳朵的问题。
瞎子捡到残花,却把它与碎纸
混为一谈
他摸得到斧子的锋利,看不见
它的光芒
他高高地举起篮子:
"请给我装满扁桃体!"
你长着喇叭花状的耳朵,结论是
耳心是甜的
脏肺是甜的
毛细血管是甜的
苦味,集中于舌头
集中于绕口令
集中于一个人
与桃花的距离

一个问题的解决

有赖于另一个问题。等着它

被提出：在上牙和下牙之间

在一张嘴与另一张嘴之间

像晨雾中的路标那样，渐渐

显现出来；

也等着它，被悬置

永久地遗忘。

空口袋是个问题

你使用的形容词是个问题

可以把它抱在怀里，就像抱着

亲爱的胃

也可以骂它是

资本家

模仿一阵风直接穿过那只饥饿的篮子

你看到更加饥饿的旷野

假装口齿不清把桃花

叫成桃子

为了走捷径，我们叫错名字

或者故意让人

叫错名字

那个张冠李戴的人，奔向

楼道尽头：一面镜子，一个衣帽架

在等他

提斧头的人搅动阳光

你让他把斧子藏起来

三分钟不到

又叫他拿出来：

"你应该爱惜那件锋利之物,它是你身上
唯一的勋章!"
你让他们等一等
他们停下来,把气哈在你脸上
你又骂他们无赖
甜蜜的无赖!
你喜欢吃,但怕它的毛:
最好推得远远的,只需
口渴的时候一伸手就够着
你希望越过一树桃花去摘桃子
桃花的距离,最好是
不远不近的距离

最高明的发明:甲乙丙丁。
乙解释甲
丙说明乙
丁负责给丙打圆场
甲一拍胸膛:兄弟的事就是我的事
如果盯住桃花不放,你会发现
透过一只空篮子看见的桃花
不等于被一把斧头逼向绝路的桃花
有时它恍若隔世
有时它不在树上
不在树上的桃花
不认桃子做兄弟
桃子是甜的,但你与桃子的距离
是一把苦涩的天平
桃花做砝码
反过来

它又扰乱你对桃花本身的记忆
刚刚叫姐姐，一转身
又骂她妖精。

2009 年 11 月 2 日
2012 年 3 月 12 日改

一个家族的味觉史（长诗）

我小时候,祖父喜欢喝茶
但他只喝一种茶
不管红茶绿茶香茶白茶
新的陈的贵的贱的
统统放进一把深不见底的铜壶里
焙一焙,直到它们
变得像他的脸一样黑乎乎皱巴巴
发出一股焦煳的味道
爷爷把所有的茶都变成一种茶
把所有的味道都变成一种味道
爷爷喝茶,只用瓷杯或瓷碗
只坐椅子,不坐板凳
这个仪式还包括一把扇子、一种声音
就是我们喝烫水的时候
把水吸到嘴里的那种嗞嗞声
问题是,喝温茶和凉茶
他也要发出这种声音
在他老得像一盏煤油灯以后
他继续依靠这种声音解渴
嗞嗞嗞嗞嗞嗞嗞嗞嗞嗞嗞嗞嗞
放下杯子他还要咂咂嘴
这种声音像糖水一样浸润着我们的耳朵
直到我们心甘情愿地
照着爷爷的样子将一口浑浊的茶水
吸进嘴里。一瞬间
仿佛敌人占领了我们的嘴巴

将我们的舌头五花大绑起来
慌忙吐掉,但舌头
多年以后还像缠着胶布
爷爷咧开瘪嘴笑笑,淡淡地说
多喝几次就习惯了
爷爷心情好的时候,我们缠着他
让他说说奶奶,说说他和奶奶的故事
奶奶死得早,我们都相信
她死在自己花容月貌的年龄
她留下一个营养不良的男人
和三个营养不良的儿子
他就用他的茶和喝茶的嗞嗞声
喂养这些面黄肌瘦的儿子
爷爷很少谈奶奶
却一次又一次地跟我们提起老太爷
他说他制茶的手艺就是老太爷
传给他的,铜壶也是。
而这二者最初的拥有者
是老太爷的爷爷的爷爷的爷爷
一次他把受潮的茶叶放在铜壶里
焙过之后,茶更爽口
沏茶之前先把茶炒炒慢慢就成了
我们家族的一个传统
把各种味道的茶叶搞成一种味道
是我们祖传茶艺最大的特色
为了维护这一特色,家族所有人
只能喝我们自己加工过的茶
男人,女人,老人,孩子
概莫能外
为了振兴家族的事业,发扬家族的传统

喝这种茶的人当然是越多越好
为了让人爱喝这种茶
据说可以采取以下措施
一个人没有适应家族口味之前
不让他接触其他类型的茶
孩提时代,每天点燃一把艾草
薰薰他,其他草也行
通过烟熏为什么能改变一个人的口味
这是一个值得研究的课题
可惜这种方式对我父亲
毫无作用。他曾经
喜欢喝绿茶,喝绿茶
是从喜欢泡绿茶开始的
就像在游泳,他说,而我们的
只是溺水
但是爷爷为了家族的荣誉
禁止他喝绿茶
他就喝酒,坚决不喝自家的茶
他多次想离家出走,离开这个
五官扁平沉默寡言的男人
有一次,东西都收拾好了
只等天黑就开溜
爷爷走了进来,他看见他
步履蹒跚,背驼得厉害
要是你妈在你就不会走了,爷爷说
接下来他开始回忆奶奶,回忆奶奶做的饭菜
那时候我们多有口福啊,父亲说
其实奶奶留给他们最美的记忆是
她的奶汁。她奶水丰富
她的儿子吃,她的男人也吃

他们的舌头在黑洞洞的嘴巴里
变得湿润，像冬眠的野兽一样
醒了。他们意识到
他们共同拥有一个暗淡的黄昏
多年来，他们第一次当着对方的面流泪
第二天，在硬邦邦的白天
他们的舌头又回到了硬邦邦的状态
他继续喝他的茶
他继续喝他的酒
他们又成了一个屋檐下的陌生人

前不久，我带了一盒绿茶去看父亲
他说，我不喝茶
你喝的，我说，你喜欢绿茶
早忘记了，我只记得酒
他伸出让酒精泡烂的舌头
并递给我一根缝衣针
我轻轻戳了戳，没反应
父亲说奶奶的样子他都忘记了
他的舌头也忘记了奶奶的味道
我说我也喜欢喝绿茶，其他茶也喝
我儿子也喝茶，更喜欢咖啡
他曾经把茶和咖啡掺在一起喝
把雪碧和可乐掺在一起喝
在芒果汁里加怪味豆
我想帮他把关于绿茶的味觉找回来
也把关于奶奶的味觉找回来
他问我怎么找
我说我正在写一本关于味觉的书
我想记录下各种各样的味道

绿茶的味道,红茶的味道
白茶的味道,香茶的味道
各种茶包括我们家族制作的这种茶的味道
咖啡的味道,咖啡茶的味道
怪味豆的味道,芒果汁加怪味豆的味道
酒的味道,舌头被针刺的味道
爷爷喝茶时的嗞嗞声的味道
奶奶的奶汁在一个孩子和一个男人舌头上不同的味道
我还要记下露水的味道,一只蚂蚁被露水围困的味道
闪电的味道,星空的味道,闪电划过星空的味道
既无闪电也无星空空无一物的味道
嘴巴张开发不出声的味道
伸出手指不知道指哪儿的味道
味觉失灵慌里慌张的味道
味觉泛滥花香和荆棘同时缠身的味道
父亲认为有些味道是说不清的
我说这正是我要做的事
把味道描述清楚非常重要
比如,你忘记了奶奶的容貌
但只要你记住她的乳汁的味道
她的怀抱的味道,她的亲吻的味道
并且把这种味道传递给我们的舌头
我们就不会把她和另一个给予你这些馈赠的女人搞混淆了
要是你记错了,或者说错了
你就是给我们虚构了另一个奶奶
也许你说的这个女人是我妈
或者你交往过的一个青楼女子
父亲说,什么狗屁味道,你把我搞糊涂了
照你这么说,我还真拿不准
我们一直讨论的这个女人到底是谁

你奶奶我虽然记不太清楚了
但大概的印象还是有的
就像昏暗的远处一个模糊的影子
现在让你拿探照灯一照,什么都没了
你看你,说是要帮我找回
关于你奶奶的味觉,结果人都整没了
还有根据你的理论,是不是说
我想不起或说不清绿茶的味道
绿茶就不存在,那这是什么呢
父亲指了指桌上的绿茶
奶奶肯定是有的,我说
就算我不相信上帝,也绝不怀疑奶奶的存在
只是真实的奶奶可能跟你和爷爷描绘的奶奶都不一样
我想象的奶奶和真实的奶奶,也可能不一样
但我们在想到她的乳汁的时候
舌头都会醒过来,这一点是相同的
绿茶也如此。我打了个哈欠
世间绿茶千百种,就算同一种
不同的舌头对它的定义也有所不同
同一条舌头早晚尝到的味道
打盹儿时和清醒时尝到的味道,都不一样

父亲用两杯酒平息了体内的争吵
像软体动物一样瘫在沙发上睡着了
我也喝了两杯,但我不行
我清醒得像一台测量酒精度的仪器
我又喝了两杯。走进门诊室
一个左眼和右眼正在闹别扭的医生接待了我
医生,我头疼,乱得很
为什么你的眼睛眨动得不一致

我的眼睛好好的,医生说
怕是你的左脑和右脑打架吧
要不就是喝酒了
不怪喝酒,我说
要怪就怪喝得太少
那就多喝点
你说得对,不是请你帮忙来了吗
我伸出舌头给他看
看见了吧,我说,我的舌头上
山头林立,吵吵闹闹,让人不得安宁
请你帮我处理一下,让我回去
能像死猪一样一觉睡到天亮
他的左眼眨动了一下,接着
右眼也眨动了一下
我看到他的眼里有两个我
我看出他的两只眼睛尝到的味道不一样
说你喝多了你还不信,他说
没听说谁用眼睛尝味道,再说
你怎么知道我尝到的味道不一样
我说我的味蕾发达
所以我能看出你的两只眼睛步调不一
我说我还知道你的左手和右手
将一把手术刀握在手里的感觉也不一样
握在左手你想用它救人
握在右手你想用它杀人
医生说不对,不管握在左手还是右手
我都想用它杀人,最想的
是杀死自己
你这么敏感,他又说
不仅影响睡眠质量

还会影响走路的协调性
说实话,你应该忘掉
那些让人不得安宁的味道
他建议我做个小手术
将无关紧要的味蕾阉割掉
要是怕痛,你可以
早晚喝几盅,多用酒精泡泡舌头
我说我不想走我爹的老路

医生说你喝茶吗,喝茶就好办
他从桌箱里拿出一把铜壶
说那是中医治疗神经紊乱精神分裂失眠多梦
胡言乱语心神不宁的最新研究成果
用法很简单,沏茶之前
先将茶叶放在铜壶里焙一焙
我哈哈大笑,眼泪都笑出来了
接着我又号啕大哭了一通
医生问你这么伤心你爹死了吗
我说不是我爹死了而是我看见
我爷爷那个老不死的又活过来了
我又哭又笑等到戏做足了
我拿起那把铜壶指了指壶口说
其实它更适合做男人的便壶,你看壶口
刚好放得进我们的小弟弟,撒尿不会溅出来
如果我是金斯堡或者亨利·米勒
说不定我真的会将小弟弟掏出来插入铜壶
然后一边哗哗撒尿一边嗷嗷大叫
可惜我不是,我甚至不敢做一个
披头散发吊儿郎当不高兴就骂娘的嬉皮士
我是光荣的人民教师,我的笑脸

和血淋淋的痔疮一样灿烂
我的舌头打了结，许多味道
我已经尝不出来也说不出来了
我的身子多年来一直保持着喝祖传苦茶时的
扭曲状，就像一根从阴沟里长出来的豆芽
心情郁闷的时候我想骂人，以此寻找
为舌头松绑并伸到一条瀑布下去消毒的感觉
但我知道装疯卖傻也得适可而止
要是我胆大妄为地将小弟弟插进铜壶
万一吧嗒一声壶口收拢或者弹出一把刀子怎么办
怎么办怎么办怎么办怎么办

另一种合理的想象是
当小弟弟随心所欲地按顺时针或逆时针方向
在铜壶里搅动，你会忽然听到
一盏探照灯被打开的声音
你的小弟弟一下子照亮了那把铜壶黑魆魆的
深渊，和深渊里白森森的骨头
绿茶的白骨，红茶的白骨
西施的白骨，貂蝉的白骨
嵇康的白骨，阮籍的白骨
康有为的白骨，谭嗣同的白骨
太监们心中和下体都空空如也的白骨
小脚女人扭曲如麻花仿佛仍旧在尖叫的白骨
其中一位肯定是我奶奶
也许还有你奶奶
但她们都已经失去了体香和乳香
不管是杨贵妃的味道还是奶奶的味道
现在都只剩下一堆白骨酸腐的味道
这种味道像迷雾一样淤积在我的脑子里

笼罩在我的脸上，我看见
我的脸在镜中像在水里一样晃动、扭曲
但我看不清这是一个快要溺死的人
还是一只快要溺死的猴子
我张开嘴叫他。如果他真是
一只猴子，我该怎么叫
一边模仿猴子叫唤的声音一边嗯嗯地答应自己
会让我陷入一只脚想跳一只脚想走的恍惚
还好，观察雾气从自己的嘴里飘出来
也是区别人和猴子的一种方式
嘴巴闭得太久了
舌头上也白骨累累，说不清
一枚李子和一颗杨梅的酸味有何区别
一位高僧和一块石头的沉默有啥不同
反正当我沉默的时候我感觉自己
一会像高僧，一会像顽石
但高僧和顽石的肚子里都有一块肿瘤
肿瘤里埋着我们来不及品尝的味道
以及我们想说而未说出的话
父亲一生都试着用酒精去稀释
他体内的肿瘤
我们家族有许多人死于这种肿瘤
但到死他们都不知道自己死于什么病
他们只会哀嚎，或大喊大叫
我不要哀嚎，也不喜欢
大喊大叫。我不是猴子
也不是只会一边大叫一边捶打胸脯的大猩猩
我喜欢用放大镜观察自己的舌头
我的舌头有些地方红，有些地方白
还有大片灰色地带和晦暗不明的区域

如果我说大西洋的深海区也有这种幽灵一样
说不清道不明的味道，是不是有点像
用一头大象来安慰一只吃不着骨头的狗
考虑到狗的温顺，我的叙述中
还得有一只突然闯进花园的老虎
它必须让那些在风中一边倒的植物陷入混乱
并散发出星空一样的味道，否则
这些理性的比喻对我来说无非是
一次次划燃火柴以照亮暮色四合空虚浩瀚的火柴盒

2017 年 6 月 9—11 日
2018 年 10 月 7—19 日

图书在版编目(CIP)数据

被擦亮的句子:第四届北京文艺网国际诗歌奖第一部诗集奖/
陶杰著.—上海:华东师范大学出版社,2021
ISBN 978-7-5760-1244-6

Ⅰ.①被… Ⅱ.①陶… Ⅲ.①诗集—中国—当代 Ⅳ.①I227

中国版本图书馆 CIP 数据核字(2021)第 022913 号

华东师范大学出版社六点分社
企划人 倪为国

被擦亮的句子:
第四届北京文艺网国际诗歌奖第一部诗集奖

作　者　陶　杰
策划编辑　王　焰
责任编辑　倪为国　古　冈
责任校对　王寅军
装帧设计　蒋　浩

出版发行　华东师范大学出版社
社　　址　上海市中山北路 3663 号　邮编　200062
网　　址　www.ecnupress.com.cn
电　　话　021 - 60821666　行政传真　021 - 62572105
客服电话　021 - 62865537　门市(邮购)电话　021 - 62869887
地　　址　上海市中山北路 3663 号华东师范大学校内先锋路口
网　　店　http://hdsdcbs.tmall.com

印　刷　者　上海盛隆印务有限公司
开　　本　890×1240　1/32
插　　页　1
印　　张　5.75
版　　次　2021 年 3 月第 1 版
印　　次　2021 年 3 月第 1 次
书　　号　ISBN 978-7-5760-1244-6
定　　价　68.00 元

出 版 人　王　焰